三國演義 六

天下歸晉

原著 羅貫中

編撰 王暢

圖說 Classic 經典

Romance of Three Kingdoms

12

好讀出版

導讀

歷史的天空群星璀璨

主編 王暢

一部中國古典小説史，經過歷史的淘洗沉澱，遺留下四顆燦爛奪目的珍珠：這便是現代以來學界和民間公認的四大名著，包括《三國演義》、《西遊記》、《水滸傳》和《紅樓夢》。四者當中，《三國演義》誕生最早，距今已六百餘年，它處於中國古代章回體長篇小説從草創走向成熟的階段，而《紅樓夢》則誕生最晚，至今不過二百五十年左右，在它產生的年代，章回體這一文學樣式早已爛熟，而《紅樓夢》也被視為中國古典長篇小説的高峰。不過從在社會上造成的廣泛影響看，最早面世、因而被一些人視作不免粗糙的《三國演義》卻絲毫不遜色於其他三大名著，如果檢閱各類戲曲臉譜、年畫、剪紙、皮影、木偶雕刻等民間藝術書籍，甚至很容易發現取材於《三國演義》故事題材的明顯多於取材自另外三部名著的。至於實物形態的物質文化遺產，例如遺址、文物、建築等，更以與《三國演義》相關的為最多。因此，完全可以大膽作出結論説，在四大名著中，《三國演義》的「群眾基礎」最廣泛，歷史遺存最繁多，民間影響最深遠。

老百姓為什麼愛看《三國》？原因可能多種多樣，但最根本的一點，我認為是源自三國歷史本身的魅力。《三國演義》能得到廣大讀者的青睞，在很大程度上可以視為一種歷史的饋贈。中國人向來「好古」，中國文化一個很重要的傳統即是文史不分，從兩千一百多年前的史學巨著《史記》誕生至今，優秀的歷史著作和歷史小說從來都是人們津津閱讀的類型和縱情談論的話題。《三國演義》作為中國最優秀的歷史小說，自然擁有最廣大的讀者群。關於這一點，明代人蔣大器對《三國演義》的經典論述——「文不甚深，言不甚俗；事紀其實，亦庶幾乎史。」——其實早已作出了對祕密的揭示。「文不甚深，言不甚俗」說的是《三國演義》的語言表達，但這顯然不是它吸引讀者的根本原因，因為對於廣大百姓來說，更為淺顯通俗的白話歷史小說汗牛充棟，他們何必要去讀這半文不白的《三國》？顯然，更重要的是後面兩句，「事紀其實，亦庶幾乎史」，這說的是內容取材和寫法——從史書中取材，以紀實的筆法寫出，雖是小說，卻近似於歷史。用清代學者章學誠另一句更為經典的評價，就是《三國演義》是在大量取材於歷史的基礎上加以

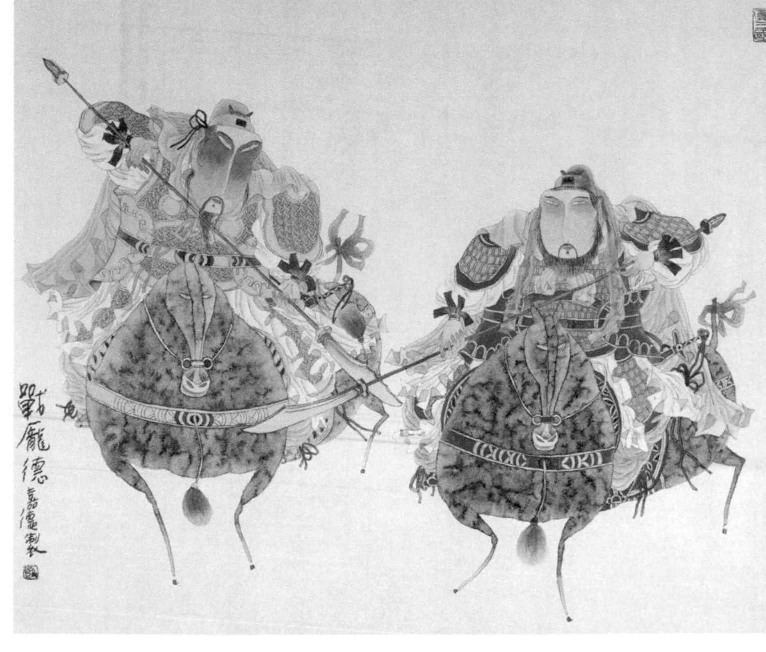

虛構，其比例是「七實三虛」。當然，這虛實如何搭配才能產生最好的效果？要以假亂真，讓讀者「或不免並信虛者為真」（魯迅語），完全追隨作者的思路，體會作者的呼吸，陶醉於書中的一點一滴，那就得看作者的本事了。在這上面，原書作者羅貫中和通行本改定者清初的毛宗崗，兩人皆展現出了個人博大精深的學識和卓越非凡的才情。中國的歷史小說中，對歷史的忠實程度各各有別，從「一實九虛」到「九實一虛」都不乏其例，而唯有「七實三虛」的《三國演義》最受歡迎，這一方面說明了作品取得的傑出藝術成就，另一方面也反映了民眾在「好古」、熱心追尋歷史真實的同時，同樣擁有一份充滿幻想和浪漫主義、英雄主義的歷史情懷。

在中國悠久的歷史和頻繁的朝代更替中，天下分分合合，亂世治世輪轉，每一個歷史時期都有所謂的演義小說對之加以描繪，而以「說三分」最為洋洋大觀。這是由於，正如清代著名才子金聖歎所言，歷朝歷代中，「從未有六十年中，興則俱興，滅則俱滅，如三國爭天下之局之奇者也。」歷史的奇局成就了小說的奇觀，其中引人注目的一點便是《三國演義》的讀者範圍特別廣泛，「今覽此書之奇，足以使學士讀之而快，委巷不學之人讀之而亦快；英雄豪傑讀之而快，凡夫俗子讀之而亦快也。」

歷來讀《三國》者，往往會取一個特別的角度：人才。時至今日，「三國人才學」更被不少公司管理人員視為必修課。其實，這一傳統是三百年以前由《三國演義》的改定者和評點者毛宗崗所開創的。毛宗崗在《讀三國志法》中提到：「古史甚多，而人獨貪看《三國志》者，以古今人才之聚未有盛於三國者也。」其中最著名的人才有三個，「吾以為三國有三奇，可稱三絕：諸葛孔明一絕也，關雲長一絕也，曹操亦一絕也」，三人分別是古往今來賢相中「名高萬古」、名將中「絕倫超群」、奸雄中「智足以攬人才而欺天下」之「第一奇人」。除此以外，各方面的傑出人才簡直數不勝數：運籌帷幄如徐庶、龐統，行軍用兵如周瑜、陸遜、司馬懿，料人料事如郭嘉、程昱、荀彧、賈詡、顧雍、張昭，武功將略如張飛、趙雲、黃忠、嚴顏、張遼、徐晃、徐盛、朱桓，衝鋒陷陣如馬超、馬岱、關興、張苞、許褚、典韋、張郃、夏侯惇、黃蓋、周泰、甘寧、太史慈、丁奉，兩才相當如姜維、鄧艾及羊祜、陸抗，道學如馬融、鄭玄，文藻如蔡邕、王粲，穎捷如曹植、楊修，早慧如諸葛恪、鍾會，應對如秦宓、張松，舌辯如李恢、闞澤，不辱君命如趙諮、鄧芝，飛書馳檄如陳琳、阮瑀，治繁理劇如蔣琬、董允，揚譽蜚聲如馬良、荀爽，好古如杜預，博物如張華……這些通常分見於各朝各代、須千百年才能出齊的風流人物，卻齊齊在三國湧現，使得三國成了「人才一大都會」，「收不勝收，接不暇接，吾於《三國》有觀止之歎矣。」（按：毛宗崗此處所說的《三國》指《三國志通俗演義》，即《三國演義》。）

《三國演義》寫到的人物有一千多個，能被視為優秀人才的至少超過二百。這些人雖然各為其主，才智各異，品行不一，但絕大多數都懷有雄心壯志，且能埋頭苦幹，為了自己的理想，鞠躬盡瘁，死而後已，令人油然而生一份感動與敬意。他們以歷史為舞臺，與命運作抗爭，雖然「紛紛世事無窮盡，天數茫茫不可逃」（第一百二十回），加上各自性格中難以避免的悲劇性因素，最終只落得個「鼎足三分已成夢」（第一百二十回）、「是非成敗轉頭空」（書首）的結局，然而他們的生命畢竟熾烈燃燒過，而燃燒著的生命是美麗的。從後世看來，他們——包括其中最傑出的諸葛亮、曹操等人——不過是歷史天際的流星，然而當其燃燒的時候，卻發出過炫目的光芒。群星璀璨，照亮了歷史的天空，也點燃了後人的心靈。如果說，本書在歷史觀上仍然沒有擺脫「分久必合，合久必分」的循環論和一定程度上的宿命論，那麼，它在人生觀上，則無疑是提倡一種「天行健，君子以自強不息」的有所為的、甚至是知其不可為而為之的積極入世精神。或許這，正是千載而下人們仍然能夠從書中吸取的核心價值。

最後，感謝本書責任編輯陳詩恬小姐，以及處理圖片版權事務的何敬茹小姐給予的細緻而友好的合作。在本書編輯過程中，自始至終得到了侯桂新先生的大力支持；他運用編輯本【圖說經典】系列之《紅樓夢》收穫的寶貴經驗，在某些環節上對本書的編輯提供了關鍵性的幫助，此情此景，當銘感於心。

如何閱讀本書

名家評點：

選收不同名家之評點，
隨文直書於奇數頁最左側，
並於文中以◎記號標號，
以供對照

精緻彩圖：

名家繪圖、相關照片等精緻彩圖，
使讀者融入小說情境

列出各回回目
便於索引翻閱

第一百六回　公孫淵兵敗死襄平　司馬懿詐病賺曹爽

卻說公孫淵乃遼東公孫度之孫，公孫康之子也。建安十二年，曹操追袁尚未到遼東，康斬尚首級獻操，操封康爲襄平侯。後康死。有二子，長曰「晃」，次曰「淵」，皆幼；康弟公孫恭繼職，曹丕時，封爲「車騎將軍」襄平侯。

太和二年，淵長大，文武兼備，性剛好□。奪其叔公孫恭之位，曹叡封淵爲「揚烈將軍」遼東太守。後孫權遣張彌、許宴≤V金寶珍玉赴遼東，封淵爲燕王，淵懼中原，乃斬張、許二人，送首與曹叡。叡封淵爲「大司馬」樂浪公。淵心不足，與眾商議，自號爲燕王，改元紹漢元年。

副將賈範諫曰：「中原待主公以上公之爵，不爲卑賤；今若背反，實爲不順。更兼司馬懿善用兵，西蜀諸葛武侯且不能取勝，何況主公乎？」

淵大怒，叱左右縛賈範，將斬之　參軍倫直諫曰：「賈範之

◆重慶奉節，白帝城明良殿側殿內的諸葛亮像。（影哥／fotoe 提供）

言是也。聖人云：『國家將亡，必有妖孽。』今國中屢見怪異之事。近有犬戴巾幘，身披紅衣，上屋作人行。又城南鄉民造飯，飯甑※1之中忽有一小兒蒸死於內。襄平北市中，地忽陷一穴，湧出一塊肉，週圍數尺。頭面眼耳口鼻都具，獨無手足。刀箭不能傷，不知何物。卜者占之曰：『有形不成，有口不聲。國家亡滅，故現其形。』有此三者，皆不祥之兆也。◎1主公宜避凶就吉，不可輕舉妄動。」

淵勃然大怒！叱武士綁倫直，并賈範同斬於市。令大將軍卑衍爲元帥，楊祚爲先鋒，起遼兵十五萬，殺奔中原來。邊官報知魏主曹叡。叡大驚，乃召司馬懿入朝計議。

懿奏曰：「臣部下馬步官軍四萬，足可破賊。」叡曰：「卿兵少路遠，恐難收復。」懿曰：「兵不在多，在能設奇用智耳。臣託陛下洪福，必擒公孫淵以獻陛下。」叡曰：「卿料公孫淵作何舉動？」懿曰：「淵若棄城預走，是上計也；守遼東拒大軍，是中計也；至守襄平是爲下計，必被臣所擒矣！」

叡曰：「此去往復幾時？」懿曰：「四千里之地，往百日，攻百日，還百日，休息六十日；大約一年足矣！」◎2叡曰：「倘吳蜀入寇，如之奈何？」懿曰：

〈評點〉

◎1：可當齊諧誌怪之書。（毛宗崗）

◎2：前擒孟達不消一月，今平公孫淵卻用一年，行軍機謀前後相對。（李漁）

注釋

※1：古代做飯用的一種陶器。

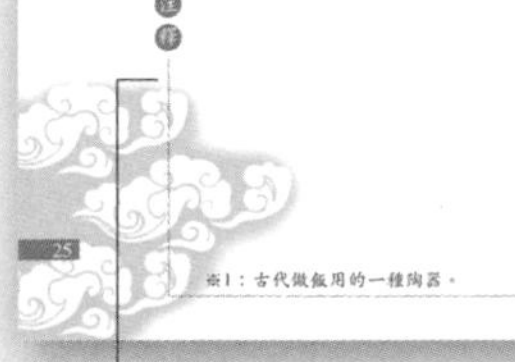

詳細注釋：

解釋艱難字詞，
隨文橫書於頁面的下方欄位，
並於文中以※記號標號，以供對照

閱讀性高的原典：

將一百二十回原典
分爲六大分冊，
版面美觀流暢、閱讀性強

詳細圖說：

說明性和評點性的圖說，
提供讓讀者理解

目錄

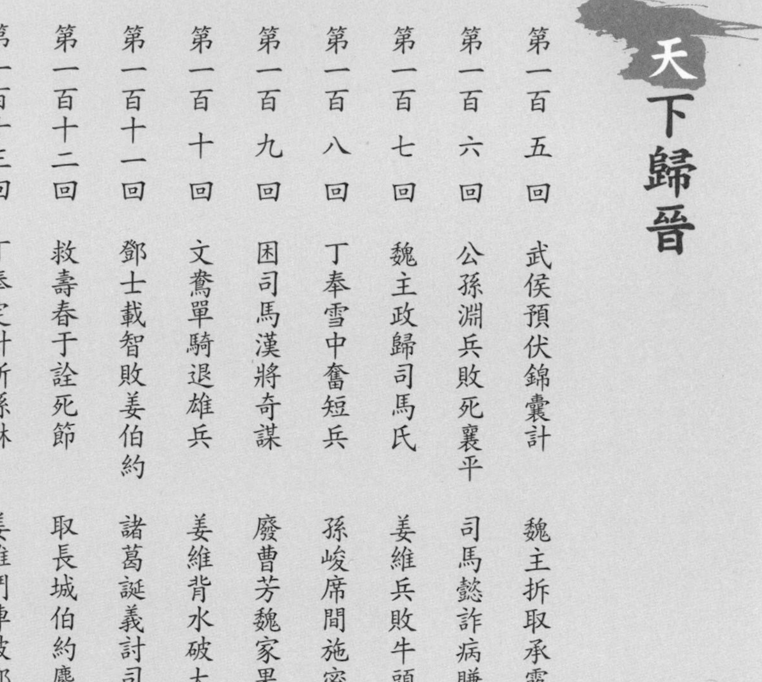

天下歸晉

第一百五回　武侯預伏錦囊計　魏主折取承露盤　10

第一百六回　公孫淵兵敗死襄平　司馬懿詐病賺曹爽　24

第一百七回　魏主政歸司馬氏　姜維兵敗牛頭山　38

第一百八回　丁奉雪中奮短兵　孫峻席間施密計　54

第一百九回　困司馬漢將奇謀　廢曹芳魏家果報　66

第一百十回　文鴦單騎退雄兵　姜維背水破大敵　78

第一百十一回　鄧士載智敗姜伯約　諸葛誕義討司馬昭　90

第一百十二回　救壽春于詮死節　取長城伯約鏖兵　100

第一百十三回　丁奉定計斬孫綝　姜維鬥陣破鄧艾　112

第一百十四回　曹髦驅車死南闕　姜維棄糧勝魏兵　124

第一百十五回　詔班師後主信讒　託屯田姜維避禍　136

第一百十六回　鍾會分兵漢中道　武侯顯聖定軍山　148

第一百十七回　鄧士載偷渡陰平　諸葛瞻戰死綿竹　160

第一百十八回　哭祖廟一王死孝　入西川二士爭功　174

第一百十九回　假投降巧計成虛話　再受禪依樣畫葫蘆　184

第一百二十回　薦杜預老將獻新謀　降孫皓三分歸一統　200

第一百五回　武侯預伏錦囊計　魏主拆取承露盤

卻說楊儀聞報：「前路有軍攔截！」忙令人哨探。回報說：「魏延燒絕棧道，引兵攔路。」

儀大驚！曰：「丞相在日，料此人久後必反！誰想今日果然如此？今斷吾歸路，當復如何？」費禕曰：「此人必先捏奏※1天子，誣吾等造反！故燒絕棧道，阻遏歸路。吾等亦當表奏天子，陳魏延反情，然後圖之。」

姜維曰：「此間有一小徑，名槎山。雖崎嶇險峻，可以抄出棧道之後！」一面寫表奏聞天子，一面將人馬望槎山小路進發。

且說後主在成都寢食不安，動止不寧。後作一夢，夢見成都錦屏山崩倒！◎1遂驚覺！坐而待旦。聚集文武，入朝圓夢。譙周曰：「臣昨夜仰觀天文，見一星，赤色，光芒有角；自東北落於西南！主丞相有大凶之事。今陛下夢『山崩』，正應此兆。」後主愈加驚怖。

忽報：「李福到！」後主急召入，問之。福頓首泣奏：「丞相已亡！」將丞相臨終言語，細述一遍。後主聞言，大哭曰：「天喪我也！」哭倒於龍牀之上。

◆四川廣元明月峽先秦古棧道。蜀道艱險，魏延燒絕棧道，姜維等只能從山中小路退軍。（fotoe提供）

侍臣扶入後宮。吳太后聞之，亦放聲大哭不已！多官無不哀慟，百姓人人涕泣！

後主連日傷感，不能設朝。忽報：「魏延表奏：楊儀造反！」群臣大駭！入宮啓奏後主。時吳太后亦在宮中。後主聞奏大驚，命近臣讀魏延表。其略曰：

「征西大將軍南鄭侯，臣魏延，誠惶誠恐，頓首上言：

楊儀自總兵權，率眾造反！刦丞相靈柩，欲引敵人入境。

臣先燒絕棧道，以兵守禦。謹此奏聞！」

讀畢。後主曰：「魏延乃勇將，足可拒楊儀等眾。何故燒絕棧道？」吳太后曰：「嘗聞先帝有言：『孔明識魏延背後有反骨，每欲斬之！因憐其勇，故姑留用。』今彼奏楊儀等造反，未可輕信。楊儀乃文人，丞相委以長史之任，必其人可用。今日若聽此一面之詞，楊儀等必投魏矣！此事當深慮遠議，不可造次。」◎2

眾官正商議間，忽報：「長史楊儀有緊急表到！」近臣拆表讀曰：

「長史、綏軍將軍，臣楊儀，誠惶誠恐，頓首謹表：

丞相臨終，將大事委於臣；照依舊制，不敢變更，使魏延斷後，姜維次之。

〈評點〉

◎1：山崩即應孔明之死，後主之倚孔明如山之重。（李漁）

◎2：太后亦能料人料事如此。（李漁）

注釋

※1：虛奏。以虛假的內容奏報。揑：虛構、假造。

今魏延不遵丞相遺語，自提本部人馬，先入漢中，放火燒斷棧道，欲刦丞相靈車，謀爲不軌。變起倉卒，謹飛章奏聞。」

太后聽畢，問：「卿等所見若何？」蔣琬奏曰：「以臣愚見，楊儀爲人，雖稟性過急，不能容物；至於籌度糧草，參贊軍機，與丞相辦事多時。今丞相臨終，委以大任，決非背反之人。魏延平日恃功務高，人皆下之※2；儀獨不假借※3，延心懷恨。今見儀總兵，心中不服。故燒棧道，斷其歸路，又誣奏而圖陷害。臣願將全家良賤保楊儀不反，實不敢保魏延。」

董允亦奏曰：「魏延自恃功高，常有不平之心，口出怨言。向所以不即反者，懼丞相耳。今丞相新亡，乘機爲亂，勢所必然，若楊儀才幹敏達，爲丞相所任用，必不背反。」

後主曰：「若魏延果反，當用何策禦之？」蔣琬曰：「丞相素疑此人，必有遺計授與楊儀。若儀無恃，安能退入谷口乎？延必中計矣！陛下寬心。」

不多時，魏延又表至，告稱：「楊儀反了！」正覽表之間，楊儀又表到，奏稱：「魏延背反。」二人接連具表，各陳是非。

忽報：「費禕到！」後主召入，禕細奏魏延反

◆陝西岐山縣五丈原鎮諸葛亮廟。（陳旭／fotoe 提供）

◆四川成都武侯祠，是紀念三國時蜀漢丞相武鄉侯諸葛亮的祠堂，始建於東漢末年。（fotoe提供）

情。後主曰：「若如此，且令董允假節釋勸※4，用好言撫慰。」允奉詔而去！

卻說魏延燒斷棧道，屯兵南谷，把住隘口，自以爲得計。不想楊儀、姜維星夜引兵，抄到南谷之後。儀恐漢中有失，令先鋒何平引三千兵先行，儀同姜維等引兵扶柩，望漢中而來。

且說何平引兵逕到南谷之後，擂鼓吶喊！哨馬飛報魏延，說：「楊儀令先鋒何平引兵自槎山小路抄來搦戰！」延大怒！急披挂上馬，提刀引兵來迎。兩陣對圓，何平出馬，大罵曰：「反賊魏延安在？」延亦罵曰：「汝助楊儀造反，何敢罵我？」

平叱曰：「丞相新亡，骨肉未寒。汝焉敢造反？」乃揚鞭指川兵曰：「汝等軍士皆是西川之人。川中多有父母、妻子、兄弟、親朋，丞相在日，不曾薄待汝等。今不可助反賊，宜各回家鄉，聽候賞賜。」眾軍聞言，大喊一聲！散去大半。

延大怒！揮刀縱馬，直取何平。平挺槍來迎，戰不數合，平詐敗而走！延隨後趕來，眾軍弓弩齊發！延撥馬而回，見眾軍紛紛潰散！延轉怒，拍馬趕上，殺了數

注釋

※2：人人都讓著他，由他占先。

※3：寬假、寬容。

※4：憑藉符節解釋勸解。意思是代表皇上去勸解。

人。卻只止遏不住，只有馬岱所領三百人不動。

延謂岱曰：「公真心助我。事成之後，決不相負！」遂與馬岱追殺何平，平引兵飛走而去！

魏延收聚殘軍，與馬岱商議曰：「我等投魏，若何？」岱曰：「將軍之言，不智甚也！大丈夫何不自圖霸業，乃輕屈膝於人耶？吾觀將軍智勇足備，兩川之士，誰敢抵敵？吾誓同將軍先取漢中，隨後進攻兩川。」◎3延大喜！遂同馬岱引兵直取南鄭。

姜維在南鄭城上，見魏延、馬岱耀武揚威，蜂擁而來！維急令拽起弔橋。延、岱二人大叫：「早降！」

姜維令人請楊儀商議，曰：「魏延勇猛，更兼馬岱相助；雖然軍少，何計退之？」儀曰：「丞相臨終遺一錦囊，囑曰：『若魏延造反，臨城敵之時，方可開拆。便有斬魏延之計。』今當取出一看。」遂出錦囊。拆封看時，題曰：「待與魏延對敵，馬上方許拆開。」

維大喜！曰：「既丞相有戒約，長史可收執。吾先引兵出城，列成陣勢；公可便來。」

姜維披挂上馬，綽槍在手；引三千軍，開了城門，一齊衝出，鼓聲大震！挑成陣勢，維挺槍立馬於門旗之下，高聲大罵曰：「反賊魏延！丞相不曾虧汝，今日如何背反？」延橫刀勒馬而言曰：「伯約，不干你事！只教楊儀來。」

儀在門旗影裏，拆開錦囊，視之——「如此如此……。」儀大喜！輕騎而出，立馬陣前。手指魏延而笑，曰：「丞相在日，知汝久後必反！教我隄備；今果應其言。汝敢在馬上連叫三聲：『誰敢殺我！』便是眞大丈夫。吾就獻漢中城池與汝。」

延大笑！曰：「楊儀匹夫聽著，若孔明在日，吾尚懼三分；他今已亡，天下誰敢敵我？休道連叫三聲，便叫三萬聲，亦有何難？」遂提刀按轡，於馬上大叫曰：「誰敢殺我！」

一聲未畢，腦後一人厲聲而應曰：「吾敢殺汝！」手起刀落，斬魏延於馬上。◎4眾將駭然！斬魏延者，乃馬岱也。原來孔明臨終之時，授馬岱以密計：只待魏延喊叫時，便出其不意斬之！當日，楊儀讀罷錦囊計策，已知伏下馬岱在彼，故依

〈評點〉

◎3：妙，岱亦善於詞令。（毛宗崗）

◎4：出人意外，而突乎其來。（李漁）

◆武侯預伏錦囊計。諸葛亮生前料到自己死後魏延必反，因此授計，令馬岱於軍前斬殺魏延。（fotoe提供）

計而行。果然殺了魏延。

後人有詩曰：

「諸葛先機識魏延，已知日後反西川；錦囊遺計人難料，卻見成功在馬前。」

卻說董允未及到南鄭，馬岱已殺了魏延，與姜維合兵一處。楊儀具表，星夜奏聞後主。後主降旨曰：「既已明正其罪，仍念前功，賜棺槨葬之。」

楊儀等扶孔明靈柩到成都，後主引文武官僚盡皆挂孝，出城二十里迎。後主放聲大哭！上至公卿、大夫，下及山林百姓，男女老幼，無不痛哭！哀聲震地。◎5後主命扶柩入城，停於丞相府中。其子諸葛瞻守孝居喪。

後主還朝。楊儀自縛請罪，後主令近臣去其縛，曰：「若非卿能依丞相遺教，靈柩何日得歸？魏延如何得滅？大事保全，皆卿之力也！」遂加楊儀爲「中軍師」，馬岱有討逆之功，即以魏延之爵爵之。

儀呈上孔明遺表。後主覽畢，大哭！降旨卜地安葬。

費禕奏曰：「丞相臨終，命葬於定軍山，不用牆垣磚石，亦不用一切祭物。」後主從之。擇本年十月吉日，後主自送靈柩至定軍山安葬。後主降詔致祭，謚號忠武侯；令建廟於沔陽，四時享祭。後杜工部有詩曰：

「丞相祠堂何處尋？錦官城外柏森森；映階碧草自春色，隔葉黃鸝空好音；◎6
三顧頻煩天下計，兩朝開濟老臣心；出師未捷身先死，長使英雄淚滿襟！」

又杜工部詩曰：

「諸葛大名垂宇宙，宗臣遺像肅清高；三分割據紆籌策，萬古雲霄一羽毛。

伯仲之間見伊、呂，指揮若定失蕭、曹；運移漢祚終難復，志決身殲軍務勞。」

卻說後主回到成都。忽近臣奏曰：「邊庭報來！東吳令全綜引兵數萬屯於巴丘界口，未知何意？」後主驚曰：「丞相新亡，東吳負盟侵界。如之奈何？」蔣琬奏曰：「臣敢保王平、張嶷，引兵數萬，屯於永安，以防不測。陛下再令一人去東吳報喪，以探其動靜。」

後主曰：「須得一舌辯之士爲使。」一人應聲而出，曰：「微臣願往！」眾視之，乃南陽安眾人，姓宗名預，字德艷，官任「參軍右中郎將」。後主大喜！即命宗預往東吳報喪，兼探虛實。

宗預領命，逕到金陵。入見吳主孫權。禮畢，只見左右人皆著素衣。

權作色而言曰：「吳、蜀已爲一家。卿主何故而增白帝之守也？」預曰：「臣以爲東益巴丘之戍，西增白帝之守，皆時勢宜然；俱不足以相問也。」

〈評點〉

◎5：又寫一番哀痛。（毛宗崗）

◎6：好句。（鍾伯敬）

◆陝西省漢中市勉縣古戰場定軍山下武侯墓大殿内的諸葛亮塑像。其上「萬古雲霄」的題詞節取自杜甫詩句。（fotoe提供）

◆浙江蘭溪縣諸葛亮後裔所居村莊——諸葛八卦村。（傳光／fotoe 提供）

權笑曰：「卿不亞於鄧芝。」乃謂宗預曰：「朕聞諸葛丞相歸天，每日流涕；令官僚盡皆挂孝。朕恐魏人乘喪取蜀，故增巴丘守兵萬人，以爲救援；別無他意也。」預頓首拜謝。

權曰：「朕既許以同盟，安有背義之理？」預曰：「天子因丞相新亡，特命臣來報喪。」權遂取金鈚箭※5一枝折之，設誓曰：「朕若負前盟，子孫絕滅。」◎7又命使賫香帛奠儀，入川致祭。

宗預拜辭吳主，同吳使還成都。入見後主，奏曰：「吳主因丞相新亡，亦自流涕！令群臣皆挂孝。其益兵巴丘者，恐魏人乘虛而入！別無異心。今折箭爲誓，並不背盟。」

後主大喜！重賞宗預，厚待吳使去訖。遂依孔明遺言，加蔣琬爲「丞相大將軍、錄尚書事」，加費禕爲「尚書令同理丞相事」。加吳懿爲「車騎將軍、假節督漢中」，姜維爲「輔漢將軍、平襄侯、總督諸處人馬」。同吳懿出屯漢中，以防魏兵。其餘將校各依舊職。

楊儀自以爲年宦※6先於蔣琬，而位出琬下；且自恃功高，未有重賞，口出怨言。謂費禕曰：「昔日丞相初亡，吾若將全師投魏，寧當寂寞如此耶？」◎8

費禕乃將此言具表密奏後主。後主大怒！命將楊儀下獄勘問，欲斬之！蔣琬奏曰：「儀雖有罪，但前日隨丞相多立功勞，未可斬也。當廢爲庶人！」後主從之，遂貶楊儀赴漢中嘉郡爲民。儀羞慚，自刎而死。

蜀漢建興十三年，魏主曹叡青龍三年，吳主孫權嘉禾四年。三國各不興兵。

單說魏主封司馬懿爲「太尉」，總督軍馬，安鎮諸邊。懿拜辭，回洛陽去訖。

魏主在許昌大興土木，建蓋官殿。又於洛陽造「朝陽殿」「太極殿」，築「總章觀」。俱高十丈。又立「崇華殿」「青霄閣」「鳳凰樓」「九龍池」。命「博士」馬鈞監造，極其華麗，雕樑華棟，碧瓦金磚，光輝耀日。選天下巧匠三萬餘人，民夫三十餘萬，不分晝夜而造。民力疲困，怨聲不絕。

叡又降旨，起土木於芳林園，使公卿皆負土樹木於其中。「司徒」董尋上表切諫，曰：

「伏自建安以來，野戰死亡，或門殫戶盡；雖有存者，遺孤老弱。

〈評點〉

◎7：前者砍石爲誓，今者折箭爲誓。一爲伐魏，一爲和蜀。（毛宗崗）

◎8：楊儀心跡如此。（李漁）

◆楊儀，字威公，湖北襄陽人，三國蜀大臣。鎮北將軍魏延勇猛過人，軍中衆人都很敬畏，只有楊儀不服，二人勢如水火。楊儀殺了魏延後回朝，因為位在蔣琬之下，口出怨言，被後軍師費禕密奏後主。後主將他廢為庶民，楊儀後又上書誹謗，被朝廷收押，自殺而死。（葉雄繪）

※5：箭的一種，箭頭較薄而闊，箭桿較長。

※6：做官的時間、資歷。

今若宮室狹小，欲廣大之，猶宜隨時，不妨農務。況作無益之物乎？陛下既尊群臣，顯以冠冕，被以文繡，載以華輿，所以異於小人也。今又使負木擔土，沾體塗足，毀國之光，以崇無益，甚無謂也。◎9孔子云：『君使臣以禮，臣事君以忠。』無忠無禮，國何以立？臣知言出必究；而自比於牛之一毛，生既無益，死亦何損？秉筆流涕，心與世辭。臣有八子。臣死之後，累陛下矣！不勝戰慄，待命之至！」

叡覽表，怒曰：「董尋不怕死耶？」左右奏請斬之！叡曰：「此人素有忠義，今且廢爲庶人。再有妄言者，必斬！」時有「太子舍人」張茂，字彥材。亦上表切諫，叡命斬之！

即日召馬鈞問曰：「朕建高臺峻閣，欲與神仙往來，以求長生不老之方。」◎10鈞奏曰：「漢朝二十四帝，惟文帝享國最久，壽算極高，蓋因服天上日精月華之氣也！嘗於長安宮中建柏梁臺，臺上立一銅人，手捧一盤，名曰『承露盤』，接三更北斗所降沆瀣之水※7，其名曰『天漿』，又曰『甘露』。取此水，用美玉爲屑，調和服之，可以反老還童。」叡大喜！曰：「汝今可引人夫星夜至長安拆取銅人，移置芳林園中。」

鈞領命，引一萬人至長安，令週圍搭起木架，上柏梁臺去。不移時間，五千人連繩引索，旋環而上。

那柏梁臺高二十丈，銅柱圓十圍。馬鈞教先拆銅人，多人併力拆下銅人來，只見：銅人眼中潸然淚下！◎11眾皆大驚。

忽然臺邊，一陣狂風起處，飛砂走石！急若驟雨，一聲響喨，就如天崩地裂，臺傾柱倒，壓死千餘人。◎12

鈞取銅人及金盤回洛陽。入見魏主，獻上「銅人」「承露盤」。魏主問曰：「銅柱安在？」鈞奏曰：「柱重百萬斤，不能運至。」叡令：「將銅柱打碎，運來洛陽。」鑄成二個銅人，號爲「翁仲」※8，列於司馬門外。又鑄銅龍鳳兩個，龍高四丈，鳳高三丈餘，立在殿前。又於上林苑中種奇花異木，蓄養珍禽怪獸。

「少傅」楊阜上表諫曰：

◆魏主拆取承露盤。曹叡派出一萬人到長安拆取漢武帝所立承露盤，妄圖長生不老。(fotoe提供)

〈評點〉

◎9：董尋自是老臣憂國，但非老蒼所以報瞞耳。（李贄）

◎10：武侯祈緩死，忠也；魏主求長生，愚也。（毛宗崗）

◎11：興廢無常，成毀頓易；鐵漢亦心酸，銅人安得不淚下？（毛宗崗）

◎12：不死於兵，又死於役；君求長生，民不聊生矣！（毛宗崗）

注釋

※7：由夜間霧氣凝結而成的水，就是露水。

※8：高大的銅像或石像。翁仲：原是秦朝人，全名阮翁仲，他身長一丈三尺，秦始皇命他守邊界，匈奴人很怕他，他死後，秦始皇爲他鑄了一座銅像，後來他的名字就成了高大銅像或石像的代稱。

「臣聞：堯尚茅茨※9，而萬國安居；禹卑宮室，而天下樂業。及至殷、周，或堂崇三尺，度以九筵※10耳。古之聖帝明王，未有以宮室高麗，以凋弊百姓之財力者也。◎13桀作『璇室』『象廊』，紂爲『傾宮』『鹿臺』，致喪社稷。楚靈以築『章華』，而身受其禍；秦始皇作阿房宮，而殃及其子，天下背叛，二世而滅。夫不度萬民之力，以縱耳目之欲，未有不亡者也。

陛下當以堯、舜、禹、湯、文、武爲法，以桀、紂、秦、楚爲戒。而乃自暇自逸，惟宮室是飾，必有危亡之禍矣！

君作元首，臣作股肱；存亡一體，得失同之。臣雖駑怯，敢忘諍臣之義？言不切至，不足以感陛下！謹叩棺沐浴，伏候重誅。」

表上，叡不省。只催督馬鈞建造高臺，安置「銅人」「承露盤」。又降旨廣選天下美女，入芳林園中。眾官紛紛上表諫諍，叡俱不聽。◎14

卻說曹叡之后毛氏，乃河南人也！先年叡爲平原王時，最相恩愛。及即帝位，立爲后。後叡因寵郭夫人，毛后失寵。郭夫人美而慧，叡甚嬖※11之；每日取樂，月餘不出宮闈。

是歲，春三月。芳林園中百花爭放；叡同郭夫人到園中賞玩飲酒。郭夫人曰：「何不請皇后同樂？」叡曰：「若彼在，朕涓滴不能下咽。」◎15遂傳諭宮娥，不許

◆古代識字課本《急就章》（局部）。《急就章》以皇象寫本最早，傳為皇象書。皇象，字休明，廣陵江都人，生卒年不詳，官至青州刺史，三國時吳國著名書法家。（fotoe提供）

令毛后知道。

毛后見叡月餘不入正宮，是日引十餘宮人來翠花樓上消遣，只聽得樂聲嘹亮，乃問曰：「何處奏樂？」一宮官啓曰：「乃聖上與郭夫人於御花園中賞花飲酒。」毛后聞之，心中煩惱，回宮安歇。

次日，毛皇后乘小車出宮遊玩，正迎見叡於曲廊之間。乃笑曰：「陛下昨遊北園，其樂不淺也！」叡大怒！即令擒昨日侍奉諸人到，叱曰：「昨遊北園，朕禁左右，不許使毛后知道。何得又宣露？」喝令宮官將諸侍奉人盡斬之！毛后大驚！回車至宮，叡即降詔：賜毛后死，立郭夫人爲皇后。朝臣莫敢諫者。

忽一日「幽州刺史」毌丘儉上表，報稱：「遼東公孫淵造反！自號爲燕王，改元紹漢元年；建宮殿，立官職。興兵入寇！搖動北方。」叡大驚！即聚文武官僚，商議起兵退淵之策。正是：

「纔將土木勞中國，又見干戈起外方。」

未知何以禦之，且看下文分解……

〈評點〉

◎13：千古名言。（李贄）

◎14：拒諫飾非。（鍾伯敬）

◎15：「其新孔嘉」，遂令舊者之取厭如此？爲之一嘆！（毛宗崗）

注釋

※9：用茅草或蘆葦蓋的屋子。

※10：堂屋高三尺，地面寬度能鋪九張席子。崇：高。筵：竹製的墊席。

※11：寵愛。

第一百六回　公孫淵兵敗死襄平　司馬懿詐病賺曹爽

卻說公孫淵乃遼東公孫度之孫，公孫康之子也。建安十二年，曹操追袁尚未到遼東，康斬尚首級獻操，操封康爲襄平侯。後康死。有二子，長曰「晃」，次曰「淵」，皆幼；康弟公孫恭繼職，曹丕時，封爲「車騎將軍」襄平侯。

太和二年，淵長大，文武兼備，性剛好鬭。奪其叔公孫恭之位，曹叡封淵爲「揚烈將軍」遼東太守。後孫權遣張彌、許宴賚金寶珍玉赴遼東，封淵爲燕王，淵懼中原，乃斬張、許二人，送首與曹叡。叡封淵爲「大司馬」樂浪公。淵心不足，與衆商議，自號爲燕王，改元紹漢元年。

副將賈範諫曰：「中原待主公以上公之爵，不爲卑賤；今若背反，實爲不順。更兼司馬懿善用兵，西蜀諸葛武侯且不能取勝，何況主公乎？」

淵大怒，叱左右縛賈範，將斬之。參軍倫直諫曰：「賈範之

◆重慶奉節，白帝城明良殿側殿內的諸葛亮像。（影哥／fotoe 提供）

言是也。聖人云：『國家將亡，必有妖孽。』今國中屢見怪異之事。近有犬戴巾幘，身披紅衣，上屋作人行。又城南鄉民造飯，飯甑※1之中忽有一小兒蒸死於內。襄平北市中，地忽陷一穴，湧出一塊肉，週圍數尺。頭面眼耳口鼻都具，獨無手足。刀箭不能傷，不知何物。卜者占之曰：『有形不成，有口不聲。國家亡滅，故現其形。』有此三者，皆不祥之兆也。◎1主公宜避凶就吉，不可輕舉妄動。」

淵勃然大怒！叱武士綁倫直，并賈範同斬於市。令大將軍單衍爲元帥，楊祚爲先鋒，起遼兵十五萬，殺奔中原來。邊官報知魏主曹叡。叡大驚，乃召司馬懿入朝計議。

懿奏曰：「臣部下馬步官軍四萬，足可破賊。」叡曰：「卿兵少路遠，恐難收復。」懿曰：「兵不在多，在能設奇用智耳。臣託陛下洪福，必擒公孫淵以獻陛下。」叡曰：「卿料公孫淵作何舉動？」懿曰：「淵若棄城預走，是上計也；守遼東拒大軍，是中計也；至守襄平是爲下計，必被臣所擒矣！」

叡曰：「此去往復幾時？」懿曰：「四千里之地，往百日，攻百日，還百日，休息六十日；大約一年足矣！」◎2叡曰：「倘吳蜀入寇，如之奈何？」懿曰：

〈評點〉

◎1：可當齊諧誌怪之書。（毛宗崗）

◎2：前擒孟達不消一月，今平公孫淵卻用一年，行軍機謀前後相對。（李漁）

注釋

※1：古代做飯用的一種陶器。

「臣已定下守禦之策，陛下勿憂。」叡大喜！即令司馬懿興師往討公孫淵。懿辭朝出城，令胡遵爲先鋒，引前部兵先到遼東下寨。哨馬飛報公孫淵，淵令單衍、楊祚分八萬兵屯於遼東，圍塹二十餘里，環遶鹿角，甚是嚴密。胡遵令人報知司馬懿。懿笑曰：「賊不與我戰，欲老我兵耳※2。我料賊眾大半在此，其巢穴空虛。不若棄卻此處，徑奔襄平。賊必往救，卻於中途擊之，必獲全功。」於是勒兵從小路向襄平進發。

卻說單衍與楊祚商議曰：「若魏兵來攻，休與交戰。彼千里而來，糧草不繼，難以持久，糧盡必退。待他退時，然後出奇兵擊之，司馬懿可擒也！昔司馬懿與蜀兵相拒，堅守渭南，孔明竟卒於軍中。今日正與此理相同。」

二人正商議間，忽報：「魏兵往南去了！」單衍大驚！曰：「彼知我襄平軍少，去襲老營也。若襄平有失，我等守此處無益矣！」遂拔寨隨後而起。

早有探馬飛報司馬懿。懿笑曰：「中吾計矣！」乃令夏侯霸、夏侯威各引一軍伏於濟水之濱：「如遼兵到，兩下齊出！」二人受計而往，早望見單衍、楊祚引兵前來。一聲礮響！兩邊鼓譟搖旗，左有夏侯霸，右有夏侯威，一齊殺出。◎3單、楊二人無心戀戰，奪路而走。

奔至首山，正逢公孫淵兵到。合兵一處，回馬再與魏兵交戰。單衍出馬，罵曰：「賊將休使詭計！汝敢出戰否？」夏侯霸縱馬揮刀來迎！戰不數合，被夏侯霸

◆河南溫縣安樂寨司馬懿故里的司馬懿塑像。(fotoe提供)

一刀斬單衍於馬下，遼兵大亂。

霸驅兵掩殺！公孫淵引敗兵奔入襄平城去，閉門堅守不出。魏兵四面圍合。

時值秋雨連綿，一月不止，平地水深三尺。運糧船自遼河口直至襄平城下，魏兵皆在水中，行坐不安。左都督裴景入帳告曰：「雨水不住，營中泥濘，軍不可停。請移於前面山上。」

懿怒曰：「捉公孫淵只在旦夕，安可移營？如有再言移營者，斬！」裴景諾諾而退。少頃，右都督仇連又來告曰：「軍士苦水！乞太尉移營高處。」懿大怒！曰：「吾軍令已發，汝何敢故違？」即命推出斬之，懸首於轅門外。◎4於是軍心

〈評點〉

◎3：安排布置，與蟻聚烏合者便不同。（鍾伯敬）

◎4：武侯用兵，嚴以濟寬。懿之用兵，一於嚴耳。（毛宗崗）

注釋

※2：想要使我軍懈怠罷了。老：指士卒因久駐不戰而形成的疲遝鬆懈。

震懾。

懿令南寨人馬暫退二十里，縱城內軍民出城樵採柴薪，牧放牛馬。司馬陳群問曰：「前太尉攻上庸之時，兵分八路，八日趕至城下，遂生擒孟達，而成大功。今帶甲四萬，數千里而來，不令攻打城池，卻使久居泥濘之中；又縱賊眾樵牧，某實不知太尉是何主意！」

懿笑曰：「公不知兵法耶？昔孟達糧多兵少，我糧少兵多，故不可不速戰；出其不意，突然攻之，方可取勝。今遼兵多，我兵少；賊飢，我飽。何必力攻？正當任彼自走，然後乘機擊之。我今開放一條路，不絕彼之樵牧，是容彼自走也。」陳群拜服。於是司馬懿遣人赴洛陽催糧。

魏主曹叡設朝。群臣皆奏曰：「近日秋雨連綿，一月不止，人馬疲勞。可召回司馬懿，權且罷兵。」叡曰：「司馬太尉善能用兵。臨危制變，多有良謀。捉公孫淵計日而待，卿等何必憂也！」遂不聽群臣之諫。使人運糧解至司馬懿軍前。

懿在寨中，又過數日，雨止天晴。是夜，懿出帳外，仰觀天文，忽見一星其大如斗，流光數丈，自首出東北墜於襄平東南。各營將士無不驚駭。懿見之大喜！乃謂眾將曰：「五日之後，星落處，必斬公孫淵矣。來日可併力攻城！」

眾將得令，次日清晨，引兵四面圍合。築土山，掘地道，立礮架，裝雲梯；日夜攻打不息，箭如急雨，射入城去。

◆ 河南溫縣安樂寨司馬懿故里的司馬懿碑記。司馬懿多次率軍對抗諸葛亮，以其功著，封宣王。其孫司馬炎稱帝后，追尊為晉宣帝。（fotoe提供）

公孫淵在城中，糧盡，皆宰牛馬為食。人人怨恨，各無守心，欲斬淵首，獻城歸降。淵聞之，甚是驚憂，慌令「相國」王建、「御史大夫」柳甫往魏寨請降。◎5二人自城上繫下，來告司馬懿曰：「請太尉退二十里，我君臣自來投降。」懿大怒曰：「公孫淵何不自來？殊為無理！」叱武士推出斬之，將首級付與從人。從人回報，公孫淵大驚！又遣「侍中」衛演來到魏寨。司馬懿升帳，聚眾將立於兩邊。演膝行而進，跪於帳下，告曰：「願太尉息雷霆之怒！尅日先送世子公孫修為質當，然後君臣自縛來降。」懿曰：「軍事大要有五：『能戰當戰，不能戰當守，不能守當走，不能走當降，不能降當死』耳。何必送子為質當？」叱衛演回報公孫淵。

演抱頭鼠竄而去！歸告公孫淵。淵大驚，乃與子公孫修密議停當，當夜二更時分，帶一千人馬，開了南門，往東南而走。

淵見無人，心中暗喜。行不到十里，忽聽得山上一聲礮響，鼓角齊鳴！一枝兵攔住中央，乃司馬懿也。左有司馬師，右有司馬昭。二人大叫曰：「反賊休走！」

〈評點〉

◎5：孟獲屢戰不降，公孫淵一戰便降。彼此不同。（毛宗崗）

淵大驚！急撥馬尋路奔逃，早有胡遵兵到，左有夏侯霸、夏侯威，右有張虎、樂綝，四面圍得鐵桶相似。公孫淵父子只得下馬納降。

懿在馬上顧諸將曰：「吾前夜『丙寅日』，見大星落於此處。今夜『壬申日』應矣！」眾將稱賀曰：「太尉眞神機也！」懿傳令斬之，公孫淵父子對面受戮。司馬懿遂勒兵來取襄平，未及到城下時，胡遵早引兵入城中，人民焚香拜迎。魏兵盡皆入城，懿坐於衙上，將公孫淵宗族，并同謀官僚人等，俱殺之，計首級七十餘顆。◎6出榜安民。

人告懿曰：「賈範、倫直苦諫淵不可反叛，俱被淵所殺。」懿遂封其墓，而榮其子孫。就將庫內財物，賞勞三軍。班師回洛陽。

◆公孫淵兵敗死襄平。公孫淵父子投降後，被司馬懿傳令斬首。（fotoe提供）

卻說魏主在宮中，夜至三更，忽然一陣陰風吹滅燈光。只見毛皇后引數十個宮人哭至座前索命。叡因此得病，病漸沉重，命「侍中」「光祿大夫」劉放、孫資掌樞密院一切事務，又召文帝子燕王曹宇為「大將軍」，佐太子曹芳攝政。

宇為人恭儉溫和，不肯當此大任，堅辭不受。叡召劉放、孫資問曰：「宗族之內，何人可任？」二人久得曹眞之惠，乃保奏曰：「惟曹子丹之子曹爽可也。」叡從之。

二人又奏曰：「欲用曹爽，當遣燕王歸國。」叡然其言。二人遂請叡降詔，賫出，諭燕王曰：「有天子手詔，命燕王歸國。限即日就行，若無詔不許入朝。」燕王涕泣而去。遂封曹爽為「大將軍」，總攝朝政。

叡病漸危，急令使持節詔司馬懿還朝。懿受命，徑到許昌，入見魏主。叡曰：「朕惟恐不得見卿。今日得見，死無恨矣！」懿頓首奏曰：「臣在途中聞陛下聖體不安，恨不助生兩翼，飛至闕下。今日得覩龍顏，臣之幸也。」叡宣太子曹芳、大將軍曹爽、侍中劉放、孫資等，皆至御榻之前。叡執司馬懿之手，曰：「昔劉玄德在白帝城病危，以幼子

〈評點〉

◎6：司馬之好殺，是「但能攻城，而不能攻心；但能兵戰，而不能心戰」者也。（毛宗崗）

◆河南臨汝魏明帝曹叡墓塚。（fotoe提供）

劉禪託孤於諸葛孔明。孔明因此竭盡忠誠，至死方休。偏邦尚然如此，何況大國乎？朕幼子曹芳，年纔八歲，不堪掌理社稷。幸太尉及宗兄，元勳舊臣，竭力相輔，無負朕心。」

又喚芳曰：「仲達與朕一體，爾宜敬禮之！」遂命懿攜芳近前。芳抱懿頸不放。叡曰：「太尉勿忘幼子今日相戀之情。」言訖，潸然淚下！懿頓首流涕。魏主昏沉，口不能言，只以手指太子，須臾而卒。在位十三年，壽三十六歲。時魏景初三年，春正月下旬也。

當下司馬懿、曹爽扶太子曹芳即皇帝位。芳字蘭卿，乃叡乞養之子。秘在宮中，人莫知其所由來。◎7於是曹芳諡叡爲明帝，葬於高平陵。尊郭皇后爲皇太后。改元正始元年，司馬懿與曹爽輔政。爽事懿甚謹，一應大事，必先啓知。

爽字昭伯。自幼出入宮中，明帝見爽謹慎，甚是愛敬。爽門下有客五百人；內有五人，以浮華相尚。◎8一是何晏，字平叔。一是鄧颺，字玄茂，乃鄧禹之後。一是李勝，字公昭。一是丁謐，字彥靜。一是畢範，字昭先。又有大司農桓範，字元則，頗有智謀，人多稱爲「智囊」。此

◆司馬懿。首款萬人策略對戰的線上遊戲《三國策Online》，皓宇科技提供。

數人，皆爽所信任。

何晏告爽曰：「主公！大權不可委託他人，恐生後患。」爽曰：「司馬公與我同受先帝託孤之命，安忍背之？」晏曰：「昔日先公與仲達破蜀兵之時，累受此人之氣，因而致死。主公如何不察也？」

爽猛然省悟。遂與多官議計停當，入奏魏主曹芳曰：「司馬懿功高德重，可加為太傅。」◎9芳從之。自是兵權皆歸於爽。

爽命弟曹羲為「中領軍」，曹訓為「武衛將軍」，曹彥為「散騎常侍」。各引三千御林軍，任其出入禁宮。又用何晏、鄧颺、丁謐為「尚書」，畢範為「司隸校尉」，李勝為「河南尹」。此五人日夜與爽議事，於是曹爽門下賓客日盛，司馬懿推病不出，二子亦皆退職閒居。◎10

爽每日與何晏等飲酒作樂，凡用衣服、器皿，與朝廷無異。各處進貢玩好珍奇之物，先取上等者入己，然後進宮。佳人美女，充滿府院。黃門張當諂事曹爽，私

〈評點〉

◎7：曹操奸猾，曹丕篡逆。孰知再傳而後，遂不知為何人之子。蓋不待司馬氏之篡，而曹氏已早絕也。（毛宗崗）

◎8：不是眞誠君子，如何幹得事？（鍾伯敬）

◎9：此班浮華之人，豈是司馬對手，卻不自送了也。（李贄）

◎10：此時武侯若在，亦是伐魏一大機會。（李漁）

選先帝侍妾七八人，送入府中。爽又選善歌舞良家子女三四十人爲家樂，又建重樓畫閣，造金銀器皿，用巧匠數百人，晝夜工作。

卻說何晏聞平原管輅明數術，請與論易。時鄧颺在座，問輅曰：「君自謂善易，而語不及易中詞義，何也？」輅曰：「夫善易者，不言易也！」晏笑而讚之曰：「可謂要言不煩。」因謂輅曰：「試爲我卜一卦！可至三公否？」又問：「連夢青蠅數十來集鼻上，此是何兆？」

輅曰：「元愷輔舜※3，周公佐周，皆以和惠謙恭，享有多福。今君侯位尊勢重，而懷德者鮮，畏威者眾，殊非小心求福之道。且鼻者，山也。山高而不危，所以長守貴也。今青蠅臭※4惡而集焉，位峻者顛，可不懼乎？願君侯裒多益寡※5，非禮勿履。然後三公可至，青蠅可驅也。」

鄧颺怒曰：「此老生之常談耳。」輅曰：「老生者，見不生。常談者，見不談。」◎11遂拂袖而去。二人大笑曰：「眞狂士也！」

輅到家，與舅言之，舅大驚！曰：「何、鄧二人威權甚重，汝奈何犯之？」輅曰：「吾與死人語，何所畏也！」舅問其故，輅曰：「鄧颺行步，筋不束骨，脉不制肉；起立傾倚，若無手足：此爲『鬼躁』之相。何晏視候※6，魂不守宅，血不華色；精爽烟浮，容若槁木。此爲『鬼幽』之相。◎12二人早晚必有殺身之禍，何足畏也？」其舅大罵輅爲狂子而去。

◆三國彩繪木槅。木槅分為七格，塗以朱漆，分別繪有天鹿、雙鳳、神魚、麒麟、飛廉、雙魚、白虎等祥瑞圖案。（fotoe提供）

卻說曹爽嘗與何晏、鄧颺等畋獵。其弟曹羲諫曰：「兄威權太甚，而好外出遊獵。倘為人所算，悔之無及。」爽叱曰：「兵權在我手中，何懼之有？」司農桓範亦諫不聽。時魏主曹芳改正始十年為嘉平元年。

曹爽一向專權，不知仲達虛實。適魏主除李勝為「青州刺史」，即令李勝往辭仲達，就探消息。勝逕到「太傅府」中，早有門吏報入，司馬懿謂二子曰：「此乃曹爽使來探吾病之虛實也。」乃去冠散髮，上牀擁被而坐。又令二婢扶策，方請李勝入府。◎13

勝至牀前，拜曰：「一向不見太傅，誰想如此病重？今天子命某為青州刺史，特來拜辭。」懿佯答曰：「并州近朔方，好為之備。」勝曰：「除青州刺史，非并州也。」懿笑曰：「你方從并州來？」勝曰：「山東青州耳。」懿大笑曰：「你從青州來也。」

勝曰：「太傅如何病得這等了？」左右曰：「太傅耳聾。」勝曰：「乞紙筆一用！」左右取紙筆與勝。勝寫畢，呈上。懿看之，笑曰：「吾病的耳聾了，此去保

〈評點〉

◎11：玄語、隱語，亦妙語。（李贄）

◎12：今天下最多此相，不獨二子已也。（李贄）

◎13：司馬懿裝病以欺李勝，眞奸雄所為。（李漁）

注釋

※3：元：八元。愷：八愷。歷史傳說高辛氏有才子八人，稱「八元」；高陽氏有才子八人，稱「八愷」，他們都得到舜的重用，輔助舜把政事治理得很好。

※4：嗅、聞。

※5：多接受別人的意見，補助自己的不足。語出《易經・謙卦》。

※6：外表徵候。

◆曹爽派李勝到司馬懿府上探聽消息，司馬懿裝病躺在床上，假裝耳聾，連喝湯都困難，騙過了曹爽，令其對己不加戒備。（朱寶榮繪）

重。」言訖，以手指口。侍婢進湯，懿將口就之，湯流滿襟。乃作哽噎之聲曰：「吾今衰老病篤，死在旦夕矣！二子不肖，望君教之。君若見大將軍，千萬看覷二子。」言訖，倒在牀上，聲嘶氣喘。◎14

李勝拜辭仲達，回見曹爽，細言其事。爽大喜曰：「此老若死，吾無憂矣！」司馬懿見李勝去了，遂起身謂二子曰：「李勝此去，回報消息，曹爽必不忌我矣！只待他出城畋獵之時，方可圖之。」

不一日，曹爽請魏主曹芳去謁高平陵，祭祀先帝。大小官僚皆隨駕出城。爽引三弟，并心腹人何晏等，及御林軍護駕正行，司農桓範叩馬諫曰：「主公總典禁兵，不宜兄弟皆出。倘城中有變，如之奈何？」◎15爽以鞭指而叱之曰：「誰敢為變！再勿亂言！」

當日，司馬懿見爽出城，心中大喜。即起舊日手下破敵之人，并家將數十，引二子上馬，徑來謀殺曹爽。正是：

「閉戶忽然有起色，驅兵自此逞雄風。」

未知曹爽性命如何，且看下文分解……

〈評點〉

◎14：仲達老於事情，如此，安有不王之理。（李贄）

◎15：此之謂「智囊」。若曹爽，只是「酒囊」、「飯囊」耳。（毛宗崗）

第一百七回　魏主政歸司馬氏　姜維兵敗牛頭山

卻說司馬懿聞曹爽同弟曹羲、曹訓、曹彥，并心腹何晏、鄧颺、丁謐、畢範、李勝等，及御林軍，隨魏主曹芳出城，謁明帝墓，就去畋獵。懿大喜，即到省中，令「司徒」高柔假以節鉞，行「大將軍」事，先據曹爽營。又令「太僕」王觀行「中領軍」事，據曹羲營。懿引舊官入後宮，奏郭太后言：「爽背先帝託孤之恩，奸邪亂國，其罪當廢。」

郭太后大驚，曰：「天子在外，如之奈何？」懿曰：「臣有奏天子之表，誅奸臣之計。太后勿憂！」太后懼怕，只得從之。◎1

懿急令「太尉」蔣濟、「尚書令」司馬孚一同寫表，遣黃門賫出城外，逕至帝前申奏。懿自引大軍據武庫。

早有人報知曹爽家。其妻劉氏急出廳前，喚守府官問曰：「今主公在外，仲達起兵何意？」守門將潘舉曰：「夫人勿驚！我去問來。」乃引弓弩手數十人，登門樓望之，正見司馬懿引兵過府前，舉令人亂箭射下，懿不得過，偏將孫謙在後止之曰：「太傅爲國家大事，休得放箭。」連止三次，舉方不射。司馬昭護父司馬懿而過。引兵出城，屯於洛河，守住浮橋。

且說曹爽手下「司馬」魯芝見城中事變，來與參軍辛敞商議，曰：「今仲達如此變亂，將如之何？」敞曰：「可引本部兵出城去見天子！」芝然其言。敞急入後堂，其姊辛憲英見之，問曰：「汝有何事？慌速如此！」敞告曰：「天子在外，太傅閉了城門，必將謀逆。」

憲英曰：「司馬公未有逆謀，特欲殺曹將軍耳。」敞驚曰：「此事未知如何？」憲英曰：「曹將軍非司馬公之對手，必然敗矣！」◎2敞曰：「那日『司馬』教我同去，未知可去否？」憲英曰：「職守人之大義也，凡人在難，猶或卹之。執鞭而棄其事，不祥莫大焉※1！」◎3

敞從其言，乃與魯芝引數十騎，斬關奪門而出。人報知司馬懿。懿恐桓範亦走，急令人召之。

範與其子商議。其子曰：「車駕在外，不如南出。」◎4範從其言，乃上馬至平昌門，城門已閉。把門將乃桓範舊吏司蕃也。範袖中取出一竹版，曰：「太后有

〈評點〉

◎1：仲達的是有用奸雄。（鍾伯敬）

◎2：明於料人。劉氏若能學之，必不使曹爽廢仲達矣！（毛宗崗）

◎3：好姊姊，我也甘爲之弟。（李贄）

◎4：好兒子。（鍾伯敬）

注釋

※1：看到一般的人在難中，都還會生出憐憫之心。現在你在人家的手下當役，遇到危難，反而丟棄職守，這是最不祥的事情了。

◆司馬懿帶兒子司馬昭等引兵出城，發動兵變。魏國大權盡落入司馬氏之手。（朱寶榮繪）

詔，可即開門。」司蕃曰：「請詔驗之！」範叱曰：「汝是吾故吏，何敢如此？」蕃只得開門放出。範出至城外，喚司蕃曰：「太傅造反，汝可速隨我去！」蕃大驚！追之不及。

人報知司馬懿。懿大驚曰：「智囊洩矣！如之奈何？」蔣濟曰：「駑馬戀棧豆※2，必不能用也。」懿乃召許允、陳泰曰：「汝去見曹爽，說太傅別無他事，只是削汝兄弟兵權而已。」

許、陳二人去了。又召「殿中校尉」尹大目至，令蔣濟作書，與目持去見爽。懿分付曰：「汝與爽厚，可領此任。◎5汝見爽，說吾與蔣濟指洛水爲誓，只因兵權之事，別無他意。」尹大目依令而去。

卻說曹爽正飛鷹走犬之際，忽報：「城內有變！太傅有表。」爽大驚，幾乎落馬。黃門官捧表跪於天子之前，爽接表拆封，令近臣讀之。表略曰：

「征西大都督、太傅，臣司馬懿，誠惶誠恐，頓首謹表。臣昔從遼東還，先帝詔陛下與秦王及臣等，升御林，把臣臂，深以後事爲念。今大將軍曹爽背棄顧命，敗亂國典。內則僭擬，外專威權。以黃門張當爲『都監』，專共交關，看察至尊，

〈評點〉

◎5：曹爽所厚者又爲司馬懿所用。（李漁）

注釋

※2：劣馬只惦記著馬棚裏的飼料。這裏比喻無能的人只貪圖安逸，缺乏遠大的志向和謀略。

伺候神器；離間二宮，傷害骨肉。天下洶洶，人懷危懼。此非先帝詔陛下及囑臣之本意也。臣雖朽邁，敢忘往言？『太尉』臣濟、『尚書』臣孚等，皆以爽爲有無君之心，兄弟不宜典兵宿衛，今奏永寧宮。皇太后令勅臣表奏施行。臣輒勅主者及黃門令，罷爽、羲、訓吏兵，以侯就第。不得逗遛，以稽車駕。敢有稽留，便以軍法從事。臣輒力疾將兵，屯於洛水浮橋，伺察非常。謹此上聞，『伏干聖聽』。」

魏主曹芳聽畢，乃喚曹爽曰：「太傅之言若此，卿如何裁處？」爽手足失措，回顧二弟曰：「爲之奈何？」羲曰：「劣弟亦曾諫兄，兄執迷不聽，致有今日。司馬懿譎詐無比，孔明尚不能勝，況我兄弟乎？不如自縛見之，以免一死。」

言未畢，「參軍」辛敞、「司馬」魯芝到，爽問之，二人告曰：「城中把得鐵桶相似，太傅引兵屯於洛水浮橋，勢將不可復歸。宜早定大計……。」正言間，「司農」桓範驟馬而至。謂爽曰：「太傅已變，將軍何不請天子幸

◆陝西漢中勉縣，蒼松翠柏掩映下的諸葛武侯衣冠塚。（張波／fotoe 提供）

許都，調外兵以討司馬懿耶？」

爽曰：「吾等全家皆在城中，豈可投他處求援？」範曰：「匹夫臨難，尚欲望活。今主公身隨天子，號令天下，誰敢不應？豈可自投死地乎？」爽聞言，不快，惟流涕而已。◎6

範又曰：「此去許都，不過半宿。城中糧草足支數載。今主公別營兵馬近在關南，呼之即至。『大司馬』之印某將在此※3，主公可急行，遲則休矣！」爽曰：「多官勿太催逼，待吾細細思之。」◎7

少頃，「侍中」許允、「尚書令」陳泰至。二人告曰：「太傅只為將軍權重，不過要削去兵權，別無他意。將軍可早歸城中！」爽默默不語。又只見「殿中校尉」尹大目至。目曰：「太傅指洛水為誓，並無他意。有蔣太尉書在此。將軍可削去兵權，早歸相府。」爽信為良言。桓範又告曰：「事急矣！休聽外言，而就死地。」

是夜，曹爽意不能決，乃拔劍在手，嗟嘆尋思。自黃昏直流涕到曉，終是狐疑不定。◎8桓範入帳催之曰：「主公思慮一晝夜，何尚不能決？」爽擲劍而嘆！

〈評點〉

◎6：因戀生泣，只是拋不下棧豆耳。（毛宗崗）

◎7：果不出蔣濟所料。（鍾伯敬）

◎8：摹寫狐疑不決之意如此，豈是成事者為之乎？（李漁）

注釋

※3：我攜帶在這裏。將：攜帶。

曰：「我不起兵！情願棄官，但爲富家翁足矣！」範大哭出帳，曰：「曹子丹以智謀自矜。今兄弟三人，眞豚犢耳！」痛哭不已。

許允、陳泰令爽先納印綬與司馬懿。爽令將印送去，「主簿」楊綜扯住印綬而哭曰：「主公今日捨兵權自縛去降，不免東市受戮也！」爽曰：「太傅必不失信於我。」◎9於是曹爽將印綬與陳、許二人，先賚與司馬懿。眾軍見無將印，盡皆四散，爽手下只有數騎。

官僚到浮橋時，懿傳令：「教曹爽兄弟三人且回私宅，餘皆發監，聽候勅旨。」爽等入城時，並無一人侍從。

桓範至浮橋邊，懿在馬上，以鞭指之曰：「桓大夫

◆魏主政歸司馬氏。許允、陳泰將曹爽印綬獻與司馬懿。(fotoe提供)

何故如此？」範低頭不語，入城而去。於是司馬懿請駕拔營入洛陽。

曹爽兄弟三人回家之後，懿用大鎖鎖門，令居民八百人圍守其宅。曹爽心中憂悶。羲謂爽曰：「今家中乏糧，兄可作書與太傅借糧。如肯以糧借我，必無相害之心。」爽乃作書，令人持去。司馬懿覽書，遂遣人送糧一百斛，運至曹爽府內。◎10爽大喜！曰：「司馬公本無害我之心也！」遂不以為憂。

原來司馬懿先將「黃門」張當捉下獄中問罪。當曰：「非我一人，更有何晏、鄧颺、李勝、畢範、丁謐等五人同謀篡逆。」懿取了張當供詞，卻捉何晏等勘問明白，皆稱：「三月間欲反！」懿用長枷釘了。

城門守將司蕃告稱：「桓範矯詔出城，口稱：『太傅謀反！』」懿曰：「誣人反情，抵罪反坐。」亦將桓範等皆下獄。隨押曹爽兄弟三人，并一干人犯，皆斬於市曹，滅其三族，◎11其家產財物，盡抄入庫。

時有曹爽從弟文叔之妻，乃夏侯令女也。早寡而無子，其父欲改嫁之，女截耳而自誓。及爽被誅，其父復將嫁之，女又斷去其鼻。其家驚惶，謂之曰：「人生世

〈評點〉

◎9：曹氏子孫如此無用，當使奸雄氣沮。（毛宗崗）

◎10：司馬如此深密，曹氏如此淺陋，此成敗之林也。（李贄）

◎11：拔劍尋思，想了一夜，竟想不到此。（毛宗崗）

間，如輕塵棲弱草。何至自苦如此？且夫家又被司馬氏誅戮已盡，守此欲誰爲哉？」

女泣曰：「吾聞：『仁者不以盛衰改節，義者不以存亡易心。』曹氏盛時，尚欲保終。況今滅亡，何忍棄之？此禽獸之行，吾豈爲乎？」懿聞而賢之，聽使乞子自養，爲曹氏後。後人有詩曰：

「弱草微塵盡達觀，夏侯有女義如山。丈夫不及裙釵節，自顧鬚眉亦汗顏！」

卻說司馬懿斬了曹爽。太尉蔣濟曰：「魯芝、辛敞斬關奪門而出，楊綜奪印不與，皆不可縱！」懿曰：「彼各爲其主，乃義人也！」遂復各人舊職。◎12辛敞嘆曰：「吾若不問於姊，失大義矣！」後人有詩讚辛憲英曰：

「爲臣食祿當思報，事主臨危合盡忠。辛氏憲英曾勸弟，故令千載頌高風。」

司馬懿饒了辛敞等，乃出榜曉諭：「但有曹爽

◆古代賢女——曹文叔妻夏侯氏，寧願毀容而不再嫁。（fotoe提供）

門下一應人等，盡皆免死。有官者照舊復職。」軍民各守家業，內外安堵。何、鄧二人死於非命，果應管輅之言。後人有詩讚管輅曰：

「傳得聖賢眞妙訣，平原管輅相通神。
『鬼幽』『鬼躁』分何、鄧，未喪先知是死人。」

卻說魏主曹芳封司馬懿爲「丞相」，加九錫。懿固辭不肯受，芳不准。令父子三人同領國事。

懿忽然想起：「曹爽全家雖誅，尚有夏侯霸守備雍州等處，係爽親族。倘驟然作亂，如何隄備？必當處置！」即下詔，遣使往雍州取「征西將軍」夏侯霸赴洛陽議事。◎13 夏侯霸聽知，大驚！便引本部三千兵造反。鎮守雍州刺史郭淮聽知夏侯霸反，即率本部兵來與夏侯霸交戰。

淮出馬，大罵曰：「汝既是大魏皇族，天子又不曾虧汝！何故背反？」霸亦罵曰：「吾祖父於國家多建勳勞。今司馬懿何等

〈評點〉

◎12：獨殺桓範，特以「智囊」見忌耳。（毛宗崗）

◎13：其意太毒。（李漁）

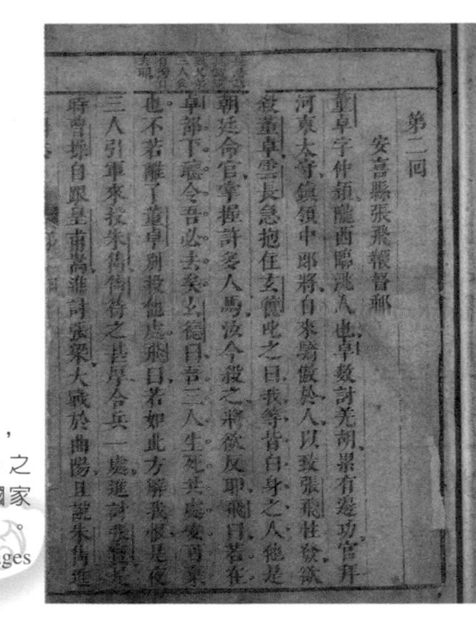

第二回

安喜縣張飛鞭督郵

董卓字仲穎，隴西臨洮人也。卓數討羌胡，累有邊功，官拜河東太守，鎮領中郎將，自來驕傲於人，以致張飛性發，欲殺董卓。雲長急抱住。玄德叱之曰：我等皆白身之人，他是朝廷命官，掌握許多人馬，汝今殺之，將欲反耶？飛曰：若在卓部下，聽令吾必去矣。玄德曰：吾三人生死共處，要同去也不若離了董卓，別投他處。飛曰：若如此，方解我恨。是夜三人引軍來投朱儁。儁待之甚厚，合兵一處，進討張寶。時曹操自跟皇甫嵩進討張梁，大戰於曲陽，且說朱儁進

◆《三國演義》，清代刻本之一。中國國家圖書館藏。（Legacy images提供）

人？滅吾曹氏宗族，又來取我，早晚必思篡位。吾仗義討賊，何反之有？」

淮大怒！挺槍驟馬，直取夏侯霸，霸揮刀縱馬來迎，戰不十合，淮敗走。霸隨後趕來，忽聽得後軍吶喊！霸急回馬時，陳泰引兵殺來！郭淮復回，兩路夾攻，霸大敗而走，折兵大半。尋思無計，遂投漢中來降後主。◎14

有人報與姜維。維心不信，令人體訪※4得實，方教入城。霸拜見畢，哭告前事。維曰：「昔微子去周，成萬古之名。公能匡扶漢室，無愧古人也！」遂設宴相待。維就席問曰：「今司馬懿父子掌握大權，有窺我國之志否？」

霸曰：「老賊方圖謀逆，未暇及外。但魏國新有二人，正在妙齡之際。若使領兵馬，實吳、蜀之大患也！」

維問：「二人是誰？」霸告曰：「一人現爲『秘書郎』，乃潁川長社人，姓鍾名會，字士季，『太傅』鍾繇之子。幼有膽智，繇嘗率二子見文帝，會時年七歲，其兄毓年八歲。毓見帝惶懼，汗流滿面。帝問毓曰：『卿何以汗？』毓對曰：『戰戰惶惶，汗出如漿。』帝問會曰：『卿何以不汗？』會對曰：『戰戰慄慄，汗不敢出。』帝獨奇之。及稍長，喜讀兵書，深明韜略。司馬懿與蔣濟皆稱其才。

「一人現爲『掾吏』，乃義陽人也，姓鄧名艾，字士載。幼年失父，素有大志。但見高山大澤，輒窺度指畫：『何處可以屯兵，何處可以積糧，何處可以埋伏。』人皆笑之，獨司馬懿奇其才，遂令參贊軍機。艾爲人口吃，每奏事必稱艾、艾，◎15

懿戲謂曰：『卿稱艾、艾，當有幾艾？』艾應聲曰：『鳳兮！鳳兮！故是一鳳。』其資性敏捷，大抵如此。此二人深可畏也！」

維笑曰：「量此孺子，何足道哉？」於是姜維引夏侯霸至成都，入見後主。

維奏曰：「司馬懿謀殺曹爽，又來賺夏侯霸；霸因此投降。目今司馬懿父子專權，曹芳儒弱，魏國將危。臣在漢中有年，兵精糧足。臣願領王師，即以霸為鄉導官，進取中原，重興漢室，以報陛下之恩，以終丞相之志。」

「尚書令」費禕諫曰：「近者蔣琬、董允皆相繼而亡，內治無人。伯約只宜待時，不宜輕動。」維曰：「不然。『人生如白駒過隙』※5，似此遷延歲月，何日恢復中原乎？」

〈評點〉

◎14：姜維又添一幫手。（李漁）

◎15：古之名人口吃者，韓非、周昌、楊雄、鄧艾也。今有嘲口吃者曰：「既是昌家，又疑非類，如無雄風，定有艾氣。」（毛宗崗）

注釋

◆鍾會（225～264），字士季，三國時期潁川長社（今河南長葛）人。魏太傅鍾繇幼子，司馬昭部下，官至司徒。自幼才華橫溢，滅蜀後大力結交西蜀名士，打擊鄧艾等人，打算自立政權，但由於手下官兵不支持而發動兵變，鍾會與姜維等人都死於兵亂之中。（葉雄繪）

※4：仔細察訪。

※5：人的一生像強壯的白馬從洞孔前一下子就跑過去。語出《莊子》：「人生天地之間，若白駒之過隙，忽然而已。」

禕又曰：「孫子云：『知彼知己，百戰百勝。』我等皆不如丞相遠甚。丞相尙不能恢復中原，何況我等？」維曰：「吾久居隴上，深知羌人之心。今若羌人爲援，雖未能克復中原，自隴而西，可斷而有也。」

後主曰：「卿既欲伐魏，可盡忠竭力，勿墮銳氣以負朕命！」於是姜維領勅辭朝，同夏侯霸逕到漢中，計議起兵。維曰：「可先遣使去羌人處通盟。然後出西平，近雍州。先築二城於麴山※6之下，令兵守之，以爲犄角之勢。我等盡發糧草於川口，依丞相舊制，次第進兵。」是年秋八月，先差蜀將句安、李歆同引一萬五千兵，往麴山前築二城。句安守東城，李歆守西城。

早有細作報與雍州刺史郭淮，淮一面申報洛陽，一面遣副將陳泰引兵五萬，來與蜀兵交戰。句安、李歆各引一軍出迎，因兵少不能抵敵，退入城中。泰令兵四面圍住攻打，又以兵斷其漢中糧道，句安、李歆城中糧缺。

郭淮自引兵亦到，看了地勢，忻然而喜。回到寨中，乃與陳泰計議。曰：「此城山勢高阜，必然水少，須出城取水。若斷其上流，蜀兵皆渴死矣！」遂令軍士掘土堰斷上流。

◆陳泰（約200～260），字玄伯，潁川許昌（今河南許昌東）人，三國時期魏國名將，名臣陳群之子。（清・潘畫堂繪／上海書畫出版社提供）

城中果然無水，李歆引兵出城取水，雍州兵圍困甚急，歆死戰不能出，只得退入城去。句安城中亦無水，乃會了李歆引兵出城，併在一處，大戰良久，又敗入城去！

軍士枯渴。安與歆曰：「姜都督之兵至今未到，不知何故？」歆曰：「我當捨命殺出求救！」遂引數十騎開了城門，殺將出來。雍州兵四面圍合，歆奮死衝突，方纔得脫。只落得獨自一人，身帶重傷，餘皆死於亂軍之中。是夜北風大起，陰雲布合，天降大雪。因此城內蜀兵分糧化雪而食。

卻說李歆衝出重圍，從西山小路行了兩日，正迎著姜維人馬，歆下馬，伏地告曰：「麴山二城皆被魏兵圍困，絕了水道。幸得天降大雪，因此化雪度日。甚是危急！」維曰：「吾非救遲，爲聚羌兵未到，因此誤了！」遂令人送李歆入川養病。

維問夏侯霸曰：「羌兵未到，魏兵圍困麴山甚急。將軍有何高見？」霸曰：「若等羌兵到麴山，二城皆陷矣！吾料雍州兵盡來麴山攻打，雍州城定然空虛。將軍可引兵逕往牛頭山，抄在雍州之後。郭淮、陳泰必回救雍州，則麴山之圍自解矣！」維大喜！曰：「此計最善！」於是姜維引兵望牛頭山而去。

卻說陳泰見李歆殺出城去了。乃謂郭淮曰：「李歆若告急於姜維，姜維料吾大兵皆在麴山，必抄牛頭山襲吾之後。將軍可引一軍去取洮水，斷絕蜀兵糧道。吾分兵一半，逕往牛頭山擊之！彼若知糧道已絕，必然自走矣！」郭淮從之，遂引一軍

注釋

※6：山名。

暗取洮水。陳泰引一軍逕往牛頭山來。

卻說姜維兵至牛頭山，忽聽得前軍發喊！報說：「魏兵截住去路！」維慌忙自到軍前視之。陳泰大喝曰：「汝欲襲吾雍州，吾已等候多時了！」◎16維大怒，挺槍縱馬，直取陳泰。泰揮刀而迎。

戰不三合，泰敗走。維揮兵掩殺，雍州兵退回，占住山頭。維收兵，就牛頭山下寨。維每日令兵搦戰，不分勝負。

夏侯霸謂姜維曰：「此處不是久停之所。連日交戰，不分勝負，乃誘兵之計耳。必有異謀，不如暫退，再作良圖。」正言間，忽報：「郭淮引一軍取洮水，斷了糧道。」維大驚！急令夏侯霸先退，維自斷後。

陳泰分兵五路趕來，維獨拒五路總口，戰住魏兵。泰勒兵上山，

◆姜維兵敗牛頭山。姜維被郭淮、陳泰所敗。（fotoe提供）

矢石如雨。

維急退到洮水之時，郭淮引兵殺來！維引兵往來衝突，魏兵阻住去路，密如鐵桶。維奮死殺出，折兵大半。◎17飛奔向陽平關來。

前面又一軍殺到，爲首一員大將，縱馬橫刀而出。那人生得圓面大耳，方口厚唇；左目下生個黑瘤，瘤上生數十根黑毛。◎18乃司馬懿長子，「驃騎將軍」司馬師也！

維大怒！曰：「孺子焉敢阻吾歸路？」拍馬挺槍，直來刺師。師揮刀相迎，只三合，殺敗了司馬師，維脫身逕奔陽平關來。城上人開門放入姜維，司馬師也來搶關。兩邊伏弩齊發，一弩發十矢，乃武侯臨終時所遺「連弩」之法也。正是：

「難支此日三軍敗，獨賴當年十矢傳。」

未知司馬師性命如何，且看下文分解……

〈評點〉

◎16：句安等候多時，偏等不來。（毛宗崗）

◎17：第一次出兵就見掣肘，不及武侯多矣！（毛宗崗）

◎18：不知管輅相之，又作何語？（毛宗崗）

第一百八回　丁奉雪中奮短兵　孫峻席間施密計

卻說姜維正走，遇著司馬師引兵攔截。原來姜維取雍州之時，郭淮飛報入朝。魏主與司馬懿商議停當，懿遣長子司馬師引兵五萬，前來雍州助戰。

師聽知郭淮敵退蜀兵，料蜀兵勢弱，就來半路擊之，直趕到陽平關，卻被姜維用武侯所傳「連弩法」，於兩邊暗伏連弩百餘張，一弩發十矢，皆是藥箭。◎1兩邊弩箭齊發！前軍連人帶馬，射死不知其數。司馬師於亂軍之中逃命而回。

卻說麴山城中，蜀將句安見援兵不至，乃開門降魏。姜維折兵數萬，領敗兵回漢中屯紮。司馬師自還洛陽。

至嘉平三年，秋八月。司馬懿染病，漸漸沉重。乃喚二子至榻前，囑曰：「吾事魏歷年，官授太傅，人臣之位極矣！人皆疑吾有異志，吾嘗懷恐懼。吾死之後，汝二人善理國政。慎之！慎之！」言訖而亡。

長子司馬師，次子司馬昭。二人申奏魏主曹芳。芳厚加祭葬，優錫贈謚。封師爲「大將軍」，總領尚書機密大事；昭爲「驃騎上將軍」。◎2卻說吳主孫權先有太子孫登，乃徐夫人所生，於吳赤烏四年身亡。遂立次子孫和爲太子，乃瑯琊王夫人

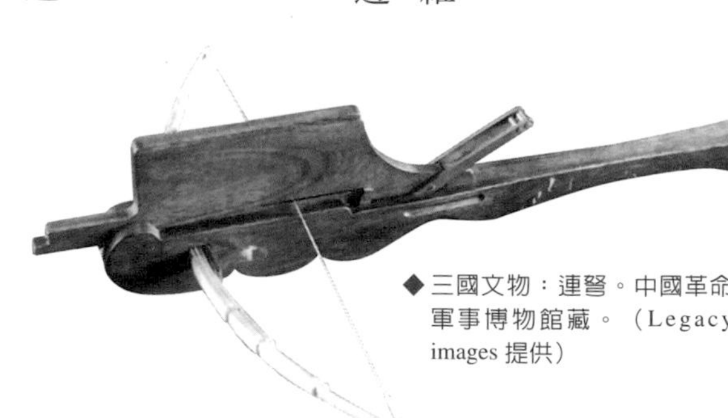

◆三國文物：連弩。中國革命軍事博物館藏。（Legacy images 提供）

所生。和因與金公主不睦，被公主所譖；權廢之，和憂恨而死。又立三子孫亮為太子，乃潘夫人所生。此時陸遜、諸葛瑾皆亡。一應大小事務，皆歸於諸葛恪。

◆潘夫人，三國吳孫權皇后，吳廢帝孫亮之母。（fotoe提供）

太和元年，秋八月初一日，忽起大風，江海湧濤，平地水深八尺。吳主先陵所種松柏盡皆拔起，直飛到建業城南門外，倒卓※1於道上。權因此受驚成病。至次年四月內，病勢沉重，乃召「太傅」諸葛恪、「大司馬」呂岱至榻前，囑以後事，囑訖而薨。在位二十四年，壽七十一歲。◎3乃蜀漢延熙十五年也。後人有詩曰：

「紫髯碧眼號英雄，能使臣僚肯盡忠；
二十四年興大業，龍盤虎踞※2在江東。」

〈評點〉

◎1：姜維善用武侯法。（李贄）

◎2：雖厚二子，不識師為何人，遽假大權，曹芳好沒分曉。（李贄）

◎3：紫髯白矣！（毛宗崗）

注釋

※1：　卓：直立。倒卓：倒立。

※2：　比喻南京城如猛虎般蹲伏著，鍾山如蛟龍一樣蟠曲臥倒著。形容南京地勢雄偉險要。

孫權既亡。諸葛恪立孫亮爲帝。大赦天下，改元大興元年。謚權曰：「大皇帝」，葬於蔣陵。早有細作探知其事，報入洛陽。司馬師聞孫權已死，遂議起兵伐吳。

尚書傅嘏曰：「吳有長江之險，先帝屢次征伐，皆不遂意。不如遵守邊疆，乃爲上策。」師曰：「天道三十年一變，豈皇帝爲鼎峙乎？吾欲伐吳！」昭曰：「今孫權新亡，孫亮幼懦。其隙正可乘也！」師遂令「征南大將軍」王昶引兵十萬攻南郡，「征東將軍」胡遵引軍十萬攻東興，「鎮南都督」毋丘儉引兵十萬攻武昌。三路進發。又遣弟司馬昭爲「大都督」，總領三路軍馬。

是年冬十月，司馬昭兵至東吳邊界。屯住人馬，喚王昶、胡遵、毋丘儉到帳中計議。曰：「東吳最緊要處惟東興郡也。今他築起大堤，左右又築兩城，以防巢湖後面攻擊，諸公須要仔細。」遂令王昶、毋丘儉各引一萬兵列在左右，且勿進發：「待取了東興郡，那時一齊進兵！」昶、儉二人受命而去。

昭又令胡遵爲先鋒，總領三路兵前去先搭浮橋，取東興

◆ 江蘇南京梅花山孫權墓。（fotoe提供）

大堤。若奪得左右二城，便是大功！遵領兵來搭浮橋。

卻說吳「太傅」諸葛恪聽知魏兵三路而來，聚眾商議。「平北將軍」丁奉曰：「東興乃東吳緊要處所。若有失，則南郡武昌危矣！」恪曰：「此論正合吾意。公可就引三千水兵從江中去。吾隨後令呂據、唐咨、劉纂各引一萬馬步兵，分三路來接應。但聽連珠礮響，一齊進兵！吾自引大兵後至。」丁奉得令，即引三千水兵，分作三十隻船，望東興而來。

卻說胡遵渡過浮橋，屯軍於堤上。差桓嘉、韓綜攻打二城。左城中乃吳將全懌把守，右城中乃吳將劉略把守。此二城高峻堅固，急切攻打不下。全、劉二人見魏兵勢大，不敢出戰，死守城池。

胡遵在徐州下寨，時值嚴寒，天降大雪。胡遵與眾將設席高會。忽報：「水上有三十隻戰船來到！」遵出寨視之，見船將次傍岸，每船上約有百人。遂還帳中，謂諸將曰：「不過三千人耳，何足懼哉？」只令部將哨探，仍前飲酒。◎4

丁奉將船一字兒拋在水上，乃謂部將曰：「大丈夫立功名正在今日！」遂令眾軍脫去衣甲，卸了頭盔。不用長槍大戟，止帶短刀！魏兵見之大笑！更不準備。忽然，連珠礮響了三聲！丁奉提刀，當先一躍上岸！眾軍皆拔短刀隨奉上岸，

〈評點〉

◎4：二人好大膽。（鍾伯敬）

◆丁奉雪中奮短兵。其英勇，有如當年甘寧百騎劫魏營。（朱寶榮繪）

砍入魏寨！魏兵措手不及，韓綜急拔帳前大戟迎之，早被丁奉搶入懷內，手起刀落，砍翻在地。

桓嘉從左邊轉出，忙綽槍刺丁奉，被奉挾住槍桿。嘉棄槍而走，奉一刀飛去，正中左肩。嘉望後便倒。奉趕上，就以槍刺之！

三千吳兵在魏寨中左衝右突，胡遵急上馬奪路而走。魏兵齊奔上浮橋，浮橋已斷。大半落水而死；殺倒在雪地者，不知其數。車仗馬匹軍器，皆被吳兵所獲。

司馬昭、王昶、毌丘儉聽知東興兵敗，亦勒兵而退。

卻說諸葛恪引兵至東興，收兵賞勞已畢。乃聚諸將曰：「司馬昭兵敗北歸，正好乘勢進取中原。」遂一面遣人賫書入蜀，求姜維進兵攻其北，許以平分天下。一面起大兵二十萬，來伐中原。

臨行時，忽見一道白氣從地而起，遮斷三軍，對面不見。蔣延曰：「此氣乃白虹也！主喪兵之兆。太傅只可回朝，不可伐魏。」恪大怒！曰：「汝安敢出不利之言，以慢吾軍心？」叱武士斬之！眾皆告免，恪乃貶蔣延為庶人。仍催兵前進！

丁奉曰：「魏以新城為總隘口。若先取得此城，司馬昭破膽矣！」◎5恪大

〈評點〉

◎5：丁奉亦有識力。（鍾伯敬）

圍定。

喜，即趲兵直至新城。守城「牙門將軍」張特見吳兵大至，閉門堅守。恪令兵四面圍定。

早有流星馬報入洛陽。「主簿」虞松告司馬師曰：「今諸葛恪圍新城，且未可與戰。吳兵遠來，人多糧少。糧盡自走矣！待其將走，然後擊之！必得全勝。但恐蜀兵犯境，不可不防。」師然其言。遂令司馬昭引一軍助郭淮防姜維，毌丘儉、胡遵拒住吳兵。

卻說諸葛恪連月攻打新城不下，令眾將併力攻城：「怠慢者立斬！」於是諸將奮力攻打。城東北角將陷。

張特在城中定下一計，乃令一舌辯之士賷捧冊籍，赴吳寨見諸葛恪，告曰：「魏國之法，若敵人圍城，守城將堅守一百日而無救兵至，然後出城降敵者，家族不坐罪。今將軍圍城已九十餘日，望乞再容數日，某主將盡率軍民出城投降。今先具冊籍呈上。」恪深信之，收了軍馬，遂不攻城。

原來張特用緩兵之計，哄退吳兵。遂拆城中房屋，於破城處修補完備。乃登城大罵曰：「吾城中尚有半年之糧，豈肯降吳狗耶？儘戰無妨！」◎6恪大怒，催兵攻城。

城上亂箭射下！恪額上正中一箭，翻身落馬。諸將救起還寨。金瘡舉發，眾軍皆無戰心，又因天氣亢炎，軍士多病。

恪金瘡稍可，欲催兵攻城。營吏告曰：「人人皆病，安能戰乎？」恪大怒曰：「再說病者斬之！」眾軍聞知，逃者無數。

忽報：「都督蔡林引本部軍投魏去了！」恪大驚，自乘馬遍視各營，果見軍士面色黃腫，各帶病容。遂勒兵還吳。早有細作報知毋丘儉，儉盡起大兵，隨後掩殺。吳兵大敗而歸。

恪甚羞慚，託病不朝。吳王孫亮自幸其宅問安，文武官僚皆來拜見。恪恐人議論，先搜求眾官將過失，輕則發遣邊方，重則斬首示眾！◎7於是內外官僚無不悚懼。又令心腹將張約、朱恩管御林軍，以為牙爪。

卻說孫峻字子遠，乃孫堅弟孫靜曾孫，孫恭之子也。孫權在日，甚愛之，命掌御林軍馬。今聞諸葛恪令張約、朱恩二人掌御林軍，奪其權。心中大怒！「太常卿」滕胤素與諸葛恪有隙，乃乘間說峻曰：「諸葛恪專權恣虐，殺害公卿，將有不臣之心。公孫宗室，何不早圖之？」

峻曰：「我有是心久矣！今當即奏天子，請旨誅之。」於是孫峻、滕胤入見吳

〈評點〉

◎6：張特以守為戰，甚有意思。（李贄）

◎7：飾己過而殺官，種種皆是取死之道。（李漁）

◆諸葛恪像。凡人臣威震其主，結果往往或是篡位，或是不得善終。（fotoe提供）

主孫亮，密奏其事。

亮曰：「朕見此人，亦甚恐怖！常欲除之，未得其隙。今卿等果有忠義，可密圖之！」胤曰：「陛下可設席召恪，暗伏武士於壁衣中，擲杯爲號，就席間殺之，以絕後患。」亮從之。

卻說諸葛恪自兵敗回朝，託病居家，心神恍惚。一日偶出中堂，忽見一人穿麻掛孝而入。恪叱問之，其人大驚無措！恪令拏下拷問。其人告曰：「某因新喪父親，入城請僧追薦※3。初見是寺院而入，卻不想是太傅之府。卻怎生來到此處也？」

恪大怒！召守門軍士問之。軍士告曰：「某等數十人皆荷戈把門，未嘗暫離。並不見一人入來！」恪大怒，盡數斬之！◎8

是夜。恪睡臥不安，忽聽得正堂中聲響如霹靂！恪自出視之，見中樑折爲兩段。恪驚歸寢室，忽然一陣陰風起處，見所殺披麻人與守門軍士數十人，各提頭索命。恪驚倒在地，良久方甦。

◆孫亮四姬，吳友如繪。吳友如（？～1894），名嘉猷，清末元和（今江蘇吳縣）人，著名畫家，擅長繪畫人物仕女。畫中人物為孫亮寵愛的四名美女：朝姝、麗居、洛珍、潔華。（fotoe提供）

〈評點〉

◎8：全不修省，猶肆殺戮，何也？（鍾伯敬）

次日，洗面，聞水甚血臭。恪叱侍婢連換數十盆，皆臭無異。恪正驚疑間，忽報：「天子有使至，宣太傅赴宴。」恪令安排車仗，方欲出府，有黃犬啣住衣服，嚶嚶作聲如哭之狀。恪怒曰：「犬戲我也！」叱左右逐去之，遂乘車出府。行不數步，見車前一道白虹自地而起，如白練沖天而去。恪甚驚怪。

心腹將張約進車前，密告曰：「今日宮中設宴，未知好歹。主公不可輕入！」恪聽罷，便令回車。

行不到十餘步，孫峻、滕胤乘馬至車前曰：「太傅何故便回？」恪曰：「吾忽然腹痛，不可見天子。」胤曰：「朝廷爲太傅軍回不曾面敘，故特設宴相召，兼議大事。太傅雖恙，還當勉強一行。」恪從其言，遂同孫峻、滕胤入宮。張約亦隨入。

恪見吳王孫亮，施禮畢，就席而坐。亮命進酒。恪心疑，辭曰：「病軀不勝杯酌！」孫峻曰：「太傅府中常服藥酒，可取飲乎？」恪曰：「可也！」遂令從人回府，取自製藥酒到。恪方纔放心飲之！

注釋

※3：此指請僧人道士誦經拜讖，替死者消災祈福。

酒至數巡。吳王孫亮託事先起。孫峻下殿，脫了長服，著短衣，內披環甲，手提利刃。上殿大呼曰：「天子有詔誅逆賊！」諸葛恪大驚，擲杯於地，欲拔劍迎之，頭已落地。

張約見峻斬恪，揮刀來迎，峻急閃過刀尖，傷其左指。峻轉身，一刀砍中張約右臂。武士一齊擁出，砍倒張約，剁為肉泥。孫峻一面令武士收恪家眷，一面令人將張約并諸葛恪屍首用蘆蓆包裹，以小車載出棄於城南門外石子崗亂塚坑內。◎9

卻說諸葛恪之妻正在房中，心神恍惚，動止不寧。忽一婢女入房，恪妻問曰：「汝遍身如何血臭？」其婢忽然反目切齒，飛身跳躍，頭撞屋梁，口中大叫曰：「吾乃諸葛恪也，被奸賊孫峻謀殺！」恪合家老幼驚惶號哭。

不一時，軍馬至。圍住府第，將恪全家老幼俱縛至市曹斬首。◎10時吳大興二年，冬十月也。昔諸葛瑾在日，見恪聰明盡顯於外，嘆曰：「此子非保家之主也！」

◆孫峻席間施密計。孫峻和吳主密謀，請諸葛恪赴宴，趁機除之。諸葛恪來不及拔劍，即被孫峻砍下頭來。（fotoe提供）

◎11又魏「光祿大夫」張緝曾對司馬師曰：「諸葛恪不久死矣！」師問其故，緝曰：「威震其主，何能久乎？」至此果中其言。

卻說孫峻殺了諸葛恪，吳王孫亮封峻爲「丞相」、「大將軍」、富春侯，總督中外諸軍事。自此權柄盡歸孫峻矣！

且說姜維在成都接得諸葛恪書，欲求相助伐魏。遂入朝，奏准後主。復起大兵，北伐中原。正是：

「一度興師未奏績，兩番討賊欲成功。」

未知勝負如何，且看下文分解……

〈評點〉

◎9：可惜聰明人如此結果。世之自恃聰明，妄自託大者，可不戒哉？（毛宗崗）

◎10：少年聰明，必折節聖賢、讀書聞道，方能免禍。諸葛恪妄作妄爲，累及三族，有愧令叔多矣。（鍾伯敬）

◎11：知子莫如父。（毛宗崗）

第一百九回　困司馬漢將奇謀　廢曹芳魏家果報

蜀漢延熙十六年秋。將軍姜維起兵二十萬，令廖化、張翼爲左右先鋒，夏侯霸爲參謀，張嶷爲運糧使，大兵出陽平關伐魏。

維與夏侯霸商議曰：「向取雍州不克而還。今若再出，必又有準備。公有何高見？」霸曰：「隴上諸郡，只有南安錢糧最廣；若先取之，足可爲本。向者不克而還，蓋因羌兵不至。今可先遣人會羌人於隴右，然後進兵出石營，從董亭直取南安。」維大喜！曰：「公言甚妙！」遂遣郤正爲使，賫金珠蜀錦入羌，結好羌王。

羌王迷當得了禮物，便起兵五萬，令羌將俄何燒戈爲大先鋒，引兵向南安來。◎1

魏「左將軍」郭淮聞報，飛奏洛陽。司馬師問諸將曰：「誰敢去敵蜀兵？」「輔國將軍」徐質曰：「某願往！」師素知徐質英雄過人，心中大喜。即令徐質爲先鋒，令司馬昭爲大都督，領兵望隴西進發。

◆戲曲臉譜《鐵籠山》之迷當。西羌老王，揉肉色畫白條紋理老臉，示其年邁，非漢人。（田有亮繪）

軍至董亭，正遇姜維，兩軍列成陣勢。徐質使開山大斧，出馬挑戰，蜀陣中廖化出迎。戰不數合，化拖刀敗回。張翼縱馬挺槍而迎，戰不數合，亦敗入陣。徐質驅兵掩殺！蜀兵大敗，退三十餘里。司馬昭亦收兵回，各自下寨。

姜維與夏侯霸商議曰：「徐質勇甚！當以何策擒之？」霸曰：「來日詐敗，以埋伏之計勝之！」維曰：「司馬昭乃仲達之子，豈不知兵法？若見地勢掩映※1，必不肯追。吾見魏兵累次斷吾糧道，今卻用此計誘之，可斬徐質矣！」◎2遂喚廖化分付：「如此，如此……。」又喚張翼，分付：「如此，如此……。」二人領兵去了。一面令軍士於路撒下鐵蒺藜，寨外多排鹿角，示以久計。

徐質連日引兵搦戰，蜀兵不出。哨馬報司馬昭說：「蜀兵在鐵籠山後，用木牛流馬搬運糧草，以為久計，只待羌兵策應。」昭喚徐質曰：「昔日所以勝蜀者，因斷彼糧道也。今蜀兵在鐵籠山後運糧，汝今夜引兵五千，斷其糧道，蜀兵自退矣！」

徐質領命。初更時分，引兵望鐵籠山來，果見蜀兵二百餘人，驅百餘頭木牛流馬，裝載糧草而行。魏兵一聲喊起，徐質當先攔住，蜀兵盡棄糧草而走。質分兵一

〈評點〉

◎1：前番不肯自來，今番買他便來。甚矣！阿堵之有用也。（毛宗崗）

◎2：此計殊妙。（李漁）

注釋

※1：本義是遮掩，這裏形容地勢複雜。

半，押送糧草回寨。自引兵一半追來！

追不到十里，前面車仗橫截去路。質令軍士下馬，拆開車仗，只見兩邊忽然火起！質急勒馬回走。後面山僻窄狹處，亦有車仗截路，火光併起。質等冒烟突火，縱馬而出。

一聲砲響！兩路軍殺來，左有廖化，右有張翼，大殺一陣！魏兵大敗。徐質奮死隻身而走，人困馬乏。正奔走間，前面一枝兵殺到！乃姜維也。質大驚無措，被姜維一槍刺倒坐下馬，徐質跌下馬來，被眾軍亂刀砍死！質所分一半押糧兵，亦被夏侯霸所擒，盡降其眾。

霸將魏兵衣甲馬匹令蜀兵穿了，就令騎坐，打著魏軍旗號，從小路徑奔回魏寨來。魏軍見本部兵回，開門放入，蜀兵就寨中殺起！◎3

司馬昭大驚！慌忙上馬走時，前面廖化殺來。昭不能前進，急退時，姜維引兵從小路殺到。昭四下無路，只得勒兵上鐵籠山據守。原來此山只有一條路，四下皆峻險難上。其上惟有一泉，止夠百人之飲。此時昭手下有六千人，被姜維絕其路口。山上泉水不敷，人馬枯渴。昭仰天長嘆

◆戲曲臉譜《鐵籠山》之夏侯霸。西蜀勇將，勾油白三塊瓦臉，額間畫紅紋。夏侯淵長子，諸葛亮六出祁山時降蜀。輔姜維八伐中原，中魏兵伏擊，被亂箭射死。（田有亮繪）

曰：「吾死於此地矣！」後人有詩曰：

「妙算姜維不等閒，魏師受困鐵籠間。龐涓始入馬陵道※2，項羽初困九里山※3。」

主簿王韜曰：「昔日耿恭受困，拜井而得甘泉。將軍何不效之？」昭從其言，遂上山頂泉邊，再拜而祝曰：「昭奉詔來退蜀兵。若昭合死，令甘泉枯渴，昭自當刎頸，教部軍盡降。如壽祿未終，願蒼天早賜甘泉，以活眾命。」祝畢！泉水湧出，取之不竭。因此人馬不死。◎4

卻說姜維在山下困住魏兵。謂眾將曰：「昔日丞相在上方谷，不曾捉住司馬懿，吾深爲恨。今司馬昭必被吾擒矣！」

◆困司馬漢將奇謀。司馬昭拜泉，得活水，逃過一劫。（fotoe提供）

〈評點〉

◎3：此處用兵，直與武侯彷彿。（毛宗崗）

◎4：兩番脫死，皆是天救。（鍾伯敬）

注釋

※2：龐涓：戰國時魏將。他曾與孫臏同師學習兵法，後陷害孫臏。在一次與齊兵交戰時，他被孫臏誘入馬陵道，兵敗自殺。

※3：九里山：又名「九嶷山」，韓信進攻項羽，由此進軍。

却說郭淮聽知司馬昭困於鐵籠山上，欲提兵來。陳泰曰：「姜維會合羌兵欲先取南安。今羌兵已到，將軍若撤兵去救，羌兵必乘虛襲我後也！可先令人詐降羌人，於中取事。若退了此兵，方可救鐵籠之圍。」

郭淮從之。遂令陳泰引五千兵逕到羌王寨內，解甲而入。泣拜曰：「郭淮妄自尊大，常有殺泰之心，故來投降。郭淮軍中虛實，某俱知之。只今夜願引一軍前去劫寨，便可成功！如兵到魏寨，自有內應。」迷當大喜！遂令俄何燒戈同陳泰來劫魏寨。

俄何燒戈教泰降兵在後，今泰引羌兵爲前部。是夜二更，竟到魏寨。寨門大開！陳泰一騎馬先入，俄何燒戈驟馬挺槍入寨之時，只叫得一聲：「苦！」連人帶馬，跌在陷坑裡！陳泰從後面殺來，郭淮從左邊殺來，羌兵大亂，自相踐踏，死者無數，生者盡降。俄何燒戈自刎而死。

郭淮、陳泰引兵直殺到羌人寨中，迷當大驚！急出帳，上馬時，被魏兵生擒活捉，來見郭淮。淮慌下馬，親去其縛，用好言撫慰曰：「朝廷素以公爲忠義，今何故助蜀人也？」迷當慚愧伏罪。

淮乃說迷當曰：「公今爲前部，去解鐵籠山之圍。退了蜀兵，吾奏准天子，自有厚賜。」迷當從之。遂引羌兵在前，魏兵在後，逕奔鐵籠山。◎5

時值三更，先令人報知姜維。維大喜！教請入相見。魏兵多半雜在羌人部內，行到蜀寨前，維令大兵皆在寨外屯紮，迷當引百餘人到中軍帳前，姜維、夏侯霸二人出迎。

魏將不等迷當開言，就從背後殺將起來！維大驚！急上馬而走。羌、魏之兵一齊殺入，蜀兵四紛五落，各自逃生。維手無器械，腰間懸有一副弓箭。走得慌忙，箭皆落了，只有空壺。

維望山中而走，背後郭淮引兵趕來！見維手無寸鐵，乃驟馬挺槍追之，看看至近，維虛拽弓弦，連響十餘次，淮連躲數番，不見箭到。知維無箭，乃挂住鋼槍，拈弓搭箭射之。維急閃過，順手接了，就扣在弓弦上。待淮追近，望面門上儘力射去！淮應弦落馬。維勒馬來殺郭淮，魏軍驟至，維下手不及，只掣得淮槍而去。魏兵不敢追趕，急救淮歸寨，拔出箭頭，血流不止而死！

司馬昭下山，引兵追趕，半途而回。

〈評點〉

◎5：維欲用羌人；羌人反爲淮所用。惜哉！（毛宗崗）

◆戲曲臉譜《鐵籠山》之郭淮。曹魏將領，勾黑碎臉，紫眉子，黃蝠，色彩對比強烈，示其勇猛善戰。（田有亮繪）

夏侯霸隨後逃至，與姜維一齊奔走，維折了許多人馬，一路收紮不住，自回漢中。雖然兵敗，卻射死郭淮、殺死徐質，挫動魏國之威，將功補罪。

卻說司馬昭犒勞羌兵，發遣回國去訖，班師還洛陽，與兄司馬師專制朝權，群臣莫敢不服。魏主曹芳每見師入朝，戰慄不已，如針刺背。◎6

一日，芳設朝。見師挂劍上殿，慌忙下榻迎之！師笑曰：「豈有君迎臣之禮也？請陛下穩便！」須臾，群臣奏事，司馬師俱自剖斷，並不啓奏魏主。少時朝退，師昂然下殿，乘車出內，前遮後擁，不下數千人馬。芳退入後殿，顧左右止有三人，乃「太常」夏侯玄、「中書令」李豐、「光祿大夫」張緝；緝乃張皇后之父，曹芳之皇丈也。

芳叱退近侍，同三人至密室商議。芳執張緝之手而哭，曰：「司馬師視朕如小兒，覷百官如草芥。社稷早晚必歸此人矣！」言訖，大哭！李豐奏曰：「陛下勿憂。臣雖不才，願以陛下之明詔，聚四方之英傑，以剿此賊。」

夏侯玄奏曰：「臣兄夏侯霸降蜀，因懼司馬兄弟謀害故耳。今若剿除此賊，臣兄必回也。臣乃國家舊戚，安敢坐視奸賊亂國？願同奉詔討之！」芳曰：「但恐不能耳。」三人哭奏曰：「臣等誓當同心討賊，以報陛下！」

芳脫下龍鳳汗衫，咬破指尖，寫了血詔，授與張緝。乃囑曰：「朕祖武皇帝誅董承，蓋爲機事不密也。卿等須謹細，勿泄於外。」豐曰：「陛下何出此不利之言？臣等非董承之輩，司馬師安比武祖也？陛下勿疑！」三人辭出。至東華門左側，正見司馬師帶劍而來。從者數百人，皆持兵器。

三人立於道旁，師問曰：「汝三人退朝何遲？」李豐曰：「聖上在內廷觀書，我三人侍讀，故耳。」師曰：「所看何書？」豐曰：「乃夏、商、周三代之書也。」師曰：「上見此書，問何故事？」豐曰：「天子所問伊尹扶商，周公攝政之事。我等皆奏，曰：『今司馬大將軍即伊尹、周公也。』」

師冷笑曰：「汝等豈將吾比伊尹、周公？其心實指吾為王莽、董卓。」三人皆曰：「我等皆將軍門下之人，安敢如此？」師大怒曰：「汝等乃口諛※4之人！適間與天子在密室中所哭何事？」◎7三人曰：「實無此狀！」師叱曰：「汝三人淚眼尚紅，如何抵賴？」

夏侯玄知事已泄，乃厲聲大罵曰：「吾等所哭者，為汝威震其主，將謀篡逆

◆川劇《逼宮》之司馬師臉譜，四川省成都市蘇坡立交橋「川劇臉譜長廊」主題公園。（fotoe提供）

〈評點〉

◎6：令人追想獻帝見曹操時。（李漁）

◎7：曹芳左右都為司馬氏心腹，卻於司馬師口中見之。（毛宗崗）

注釋

※4：當面吹捧，表裏不一。

耳！」師大怒，叱武士捉夏侯玄，玄揮拳裸袖，逕擊司馬師，卻被武士擒住。

師令將各人搜檢，於張緝身畔搜出一龍鳳汗衫，上有血字。左右呈與司馬師，師視之，乃密詔也。詔曰：

「司馬師弟兄共持大權，將圖篡逆。所行詔制※5，皆非朕意。各部官兵將士，可同仗忠義，討滅賊臣，匡扶社稷。功成之日，重加爵賞。」

司馬師看畢，勃然大怒，曰：「原來汝等正欲謀害吾兄弟？情理難容！」遂令：「將三人腰斬於市，滅其三族！」三人罵不絕口！比臨東市中，牙齒盡被打落，各人含糊數罵而死。

師直入後宮，魏主曹芳正與張皇后商議此事，皇后曰：「內庭耳目頗多，倘事泄露，必累妾矣！」正言間，忽見師入，皇后大驚！

師按劍謂芳曰：「臣父立陛下爲君，功德不在周公之下。臣事陛下，亦與伊尹何別乎？今反以恩爲讎，以功爲過。欲與二三小臣，謀害臣兄弟。何也？」芳曰：「朕無此心！」師袖中取出汗衫，擲之於地。曰：「此誰人所作耶？」

芳魂飛天外，魄散九霄！戰慄而答曰：「此皆爲他人所逼故也，朕豈敢興此心？」師曰：「妄誣大臣造反，當加何罪？」芳跪告曰：「朕合有罪。望大將軍恕之！」師曰：「陛下請起！◎8國法未可廢也。」乃指張皇后曰：「此是張緝之女，理當除之。」芳大哭求免。師不從，叱左右將張后捉出，至東華門內，用白練絞死。後人有詩曰：

「當年伏后出宮門，跌足哀號別至尊。司馬今朝依此例，天教還報在兒孫！」

次日，司馬師大會群臣。曰：「今主上荒淫無道。褻※6近娼優，聽信讒言，閉塞賢路。其罪甚於漢之昌邑※7，不能主天下。吾謹按伊尹、霍光之法，別立新君，以保社稷，以安天下。如何？」眾皆應曰：「大將軍行伊、霍之事，所謂『應天順人』，誰敢違命？」

師遂同多官入永寧宮，奏聞太后。太后曰：「大將軍欲立何人為君？」師曰：「臣觀彭城王曹據聰明仁孝，可以為天下之主。」

〈評點〉

◎8：「陛下」二字之下忽接「請起」，自有「陛下」以來，未有如此之沒體面者也。（毛宗崗）

◆廢曹芳魏家果報。魏國皇帝曹芳跪下哭求司馬師放過張皇后，司馬師不從，將其絞死。（fotoe提供）

注釋

※5：以我的名義所頒布的命令。詔、制：帝王的命令，「命為制，令為詔」。

※6：親近、狎近。

※7：即昌邑王。漢昭帝劉弗陵死，無子，大將軍霍光主持立昭帝侄子邑王劉賀為帝，劉賀即位後一味胡鬧，霍光又廢除劉賀，立昭帝侄孫劉詢為帝，即漢宣帝。

太后曰：「彭城王乃老身之叔。今立為君，我何以當之？今有高貴鄉公曹髦，乃文皇帝之孫。此人溫恭克讓，可以立之。卿等大臣，從長計議。」一人奏曰：「太后之言是也，便可立之。」眾視之，乃司馬師宗叔司馬孚也。

師遂遣使往元城召高貴鄉公。請太后升太極殿，召芳責之曰：「汝荒淫無度，褻近娼優，不可承天下。當納下璽綬，復齊王之爵。目下起程，非宣召不許入朝。」芳泣拜太后，納了國寶，乘王車大哭而去，只有數員忠義之臣含淚而送。後人有詩曰：

「昔日曹瞞相漢時，欺他寡婦與孤兒。
誰知四十餘年後，寡婦孤兒亦被欺。」◎9

卻說高貴鄉公曹髦字彥士，乃文帝之孫，東海定王霖之子也。當日，司馬師以太后命宣至。文武官僚備鑾駕於南掖門外拜迎，髦慌忙答禮。「太尉」王肅曰：「主上不當答禮！」髦曰：「吾亦人臣也，安得不答禮乎？」

◆蘇州桃花塢年畫《定中原》，描繪司馬師逼宮曹芳、絞殺張皇后場景。（王樹村提供／中國工藝美術出版社）

〈評點〉

◎9：讀之令人惕然。（鍾伯敬）

◎10：與曹操無異。（毛宗崗）

◆京劇《司馬師逼宮》，金少山飾司馬師。（毛小雨提供／江西美術出版社）

文武扶髦上輦入宮，髦辭曰：「太后詔命，不知爲何，吾安敢乘輦而入？」遂步行至太極東堂。司馬師迎著，髦先下拜，師急扶起。問候已畢，引見太后。

太后曰：「吾見汝年幼時，有帝王之相。汝今可爲天下之主。務須恭儉節用，布德施仁，勿辱先帝也！」髦再三謙辭。師令文武請髦出太極殿，是日立爲新君。改嘉平六年爲正元元年，大赦天下。假「大將軍」司馬師黃鉞，入朝不趨，奏事不名，帶劍上殿。◎10文武百官，各有封賜。

正元二年春正月。有細作飛報，說：「鎮東將軍毌丘儉、揚州刺史文欽，以廢主爲名，起兵前來！」司馬師大驚。正是：

「漢臣曾有勤王志，魏將還興討賊師。」

未知如何迎敵，且看下文分解……

第一百十回　文鴦單騎退雄兵　姜維背水破大敵

卻說魏正元二年正月，「鎮東將軍」，領淮南軍馬毌丘儉——字仲聞，河南聞喜人也——聞司馬師擅行廢立之事，心中憤怒。長子毌丘甸曰：「父親官居方面※1，司馬師專權廢主，國家有纍卵之危，安可晏然自守？」儉曰：「吾兒之言是也！」遂請刺史文欽商議。

欽乃曹爽門下客，當日聞儉相請，即來拜謁。儉邀入後堂。禮畢，話說間，儉流淚不止。欽問其故，儉曰：「司馬師專權廢主，天地反覆。安得不傷心乎？」欽曰：「都督鎮守方面，若肯仗義討賊，欽願捨死相助。◎1欽中子文俶，小字阿鴦，有萬夫不當之勇。常欲殺司馬師兄弟與曹爽報讎。今可令爲先鋒。」儉大喜，其時酹酒爲誓。

二人詐稱太后有密詔，令淮南大小官兵將士皆入壽春城。立一壇於西，宰白馬歃血爲盟。宣言：「司馬師大逆不道。今奉太后密詔，令盡起淮南軍馬，仗義討賊。」眾皆悅服。

儉提六萬兵屯於項城，文欽領兵二萬在外爲遊兵，往來接應。儉移檄諸郡，令各起兵相助。

卻說司馬師左眼肉瘤不時痛癢，乃命醫官割之，以藥封閉。連日在府養病。忽聞淮南告急，乃請「太尉」王肅商議，

肅曰：「昔關雲長威震華夏，孫權令呂蒙襲取荊州，撫恤將士家屬，因此關公軍勢瓦解。今淮南將士家屬皆在中原，可急撫恤。更以兵斷其歸路，必有土崩之勢矣！」

師曰：「公言極是！但吾新害目瘤，不能自往。若使他人，心又不穩。」時「中書侍郎」鍾會在側，◎2進言曰：「淮、楚兵強，其鋒甚銳。若遣人領兵去退，多是不利。倘有疏虞，則大事危矣！」

師蹶然※2起！曰：「非吾自往，不可破賊！」遂留弟司馬昭守洛陽，總攝朝政。師乘軟輿，帶病東行，令「鎮東將軍」諸葛誕總督豫州諸軍，從安風津取壽春。又令「征東將軍」胡遵領青州諸軍，出譙、宋之地，絕其歸路。又遣「豫州刺史」監軍

〈評點〉

◎1：頗有義氣。（鍾伯敬）

◎2：此處鍾會出現。（毛宗崗）

◆四川酆都關羽塑像。（ccnpic.com 提供）

注釋

※1：掌握一個地方的軍政大權。

※2：突然站起的樣子。

王基領前部兵先取鎮南之地。

師領大軍屯於襄陽，聚文武於帳下商議。「光祿勳」鄭褒曰：「毌丘儉好謀而無斷，文欽有勇而無智，今大舉出其不意。江、淮之卒銳氣正盛，不可輕敵。只宜深溝高壘，以挫其銳。此亞夫之長策也！」監軍王基曰：「不可。淮南之反，非軍民思亂也；皆因毌丘儉勢力所逼，不得已而從之。若大軍一臨，必然瓦解。」

師曰：「此言甚妙！」遂進兵於濦水之上，中軍屯於濦橋。基曰：「南頓極好屯兵，可提兵星夜取之！若遲，則毌丘儉必先至矣！」師遂令王基前部兵來南頓城下寨。

卻說毌丘儉在項城聞知司馬師自來，乃聚眾商議。先鋒葛雍曰：「南頓之地依山傍水，極好屯兵。若魏兵占先，難以驅遣。可速取之！」儉然其言，起兵投南頓來。

正行之間，前面流星馬報說：「南頓已有人馬下寨。」儉不信，自到軍前視之，果然旌旗遍野，營寨齊整。儉回到軍中，無計可施。

忽哨馬飛報：「東吳孫峻提兵渡江，襲壽春來了！」儉大驚曰：「壽春若失，吾歸何處？」是夜退兵於項城。

司馬師見毌丘儉軍退，聚眾官商議。尚書傅嘏曰：「今儉兵退者，憂吳人襲壽春也！必回項城，分兵拒守。將軍可令一軍取樂嘉城，一軍取項城，一軍取壽春。

則淮南之卒必退矣！兗州刺史鄧艾足智多謀。若領兵逕取樂嘉，更以重兵應之，破賊不難也！」師從之，即遣使持檄文教鄧艾起兗州之兵破樂嘉城，師隨後引兵到彼會合。

卻說毌兵儉在項城不時差人去樂嘉城哨探，只恐有兵來。請文欽到營共議，欽曰：「都督勿憂，我與拙子文鴦，只消五千兵，可保樂嘉城。」儉大喜。

欽父子引五千兵投樂嘉來，前軍報說：「樂嘉城西皆是魏兵，約有萬餘。遙望中軍，白旄黃鉞，皀蓋朱旛，簇擁虎帳。內豎立一面錦繡『帥』字旗，此必司馬師也。安立營寨，尚未完備。」

時文鴦懸鞭立於父側，聞知此語，乃告父曰：「趁彼營寨未成，可分兵兩路，左右擊之！可全勝也。」欽曰：「何時可去？」鴦曰：「今夜黃昏，父引二千五百兵從城南殺來，兒引二千五百兵從城北殺來，三更時分，要在魏寨會合。」◎3欽從之。當晚，分兵兩路。

且說文鴦年方十八歲，身長八尺。全裝貫甲，腰懸鋼鞭，綽槍上馬，遙望魏寨

〈評點〉

◎3：眞所謂父子兵。（李贄）

◆文俶（238～291），字鴦，沛國譙（今安徽亳縣）人。三國時期魏國將領，後歸東吳，其後又降司馬昭，被封為偏將軍、關內侯。（fotoe提供）

◆文鴦單騎退雄兵。十八歲的文鴦在魏營左衝右突，無人可擋。（fotoe提供）

而進。

是夜，司馬師兵到樂嘉，立下營寨，等鄧艾未至。師爲眼下新割肉瘤瘡口疼痛，臥於帳中，令數百甲士環立護衛。

三更時分，忽然寨內喊聲大震，人馬大亂。師急問之，人報曰：「一軍從寨北斬圍直入。爲首一將，勇不可當。」師大驚！心如火烈，眼珠從肉瘤瘡口內迸出，血流遍地，疼痛難當。又恐有亂軍心，只咬被頭而忍，被皆咬爛。

原來文鴦軍馬先到，一擁而進，在寨中左衝右突。所到之處，人不敢當，有相拒者，槍搠鞭打，無不被殺。鴦只望父到，以爲外應，並不見來。數番殺到中軍，皆被弓弩射回。

鴦直殺到天明，只聽得北邊鼓角喧天，鴦回顧從者曰：「父親不在南面爲應，卻從北至，何也？」

鴦縱馬看時，只見一軍行如

猛風。爲首一將，乃鄧艾也，縱馬橫刀，大叫曰：「反賊休走！」鴦大怒！挺槍迎之，戰有五十合，不分勝負。

正鬭間，魏兵大進，前後夾攻。鴦部下兵各自逃散，只文鴦單人獨馬，衝開魏兵，望南而走。背後數百員將，抖擻精神，驟馬追來。將至樂嘉橋邊，看看趕上，鴦突然勒回馬，大喝一聲，直衝入魏將陣中來。鋼鞭起處，紛紛落馬，各自倒退。鴦復緩緩而行。◎4

魏將聚在一處，驚訝曰：「此人尚敢退我等之眾耶？可併力追之！」於是魏將百員復來追趕，鴦勃然大怒！曰：「鼠輩何不惜命也！」提鞭撥馬，殺入魏將叢中，用鞭打死數人，復回馬緩轡而行。魏將連追四五番，皆被文鴦一人殺退。後人有詩曰：

「長坂當年獨拒曹，子龍從此顯英豪。樂嘉城內爭鋒處，又見文鴦膽氣高。」

原來文欽被山路崎嶇，迷入谷中，行了半夜。比及尋路而出，天色已曉。文鴦人馬不知所向。只見魏兵大勝，欽不戰而退。◎5魏兵乘勢追殺，欽引兵望壽春而

〈評點〉

◎4：文鴦之勇，直與常山趙雲彷彿相似。（毛宗崗）

◎5：乃翁可笑。（李贄）

◆鄧艾（197～264），字士載，義陽郡棘陽（今河南南陽南）人，三國時期魏國傑出的政治家、軍事家、名將。在戰爭中目光遠大，見解超人，料敵先機，始終能掌握戰場的主動權。偷渡陰平一役，堪稱中國戰爭史上歷次入川作戰中最出色的一次，已作為軍事史上的傑作而載入史冊。但為人不善自保。（葉雄繪）

走。

卻說「魏殿中校尉」尹大目，乃曹爽心腹之人。因爽被司馬懿謀殺，故事司馬師，常有殺師報爽之心，又素與文欽交厚。今見師眼瘤突出，不能動止，乃入帳告曰：「文欽本無反心。今被毋丘儉逼迫，以致如此。某去說之，必然來降。」師從之。

大目頂盔貫甲，乘馬來趕文欽。◎6看看趕上，乃高聲大叫曰：「文刺史，見尹大目麼？」欽回頭視之！大目除盔放於鞍轎之前，以鞭指曰：「文刺史何不忍耐數日也？」此是大目知師將亡，故來留欽。欽不解其意，厲聲大罵，便欲開弓射之，◎7大目大哭而回。

文欽收聚人馬，奔壽春時，已被諸葛誕引兵取了。欲復回項城時，胡遵、王基、鄧艾三路兵皆到。欽見勢危，遂投東吳孫峻去了。

卻說毋丘儉在項城內聽知壽春已失，文欽勢敗，城外三路兵到。儉遂盡撤城中之兵出戰，正與鄧艾相遇。儉令葛雍出馬，與艾交鋒。不一合，被艾一刀斬之，引兵殺過陣來。

毋丘儉死戰相拒，江、淮兵大亂。胡遵、王基引兵四面夾攻，毋丘儉敵不住，引十餘騎奪路而走。前至慎縣城下，縣令宋白開門接入，設席待之。儉大醉，被白令人殺了，將頭獻與魏兵。◎8於是淮南平定。

司馬師臥病不起，喚諸葛誕入帳，賜以印綬，加爲「征東大將軍」、「都督揚州諸路軍馬」，一面班師回許昌。

師目痛不止，每日只見李豐、張緝、夏侯玄三人立於榻前。師心神恍惚，自料難保。遂令人往洛陽取司馬昭到。昭哭拜於牀下。師遺言曰：「吾今權重。雖欲卸肩，不能得也。汝繼我爲之，大事切不可輕託他人，自取滅族之禍。」言訖，以印綬付之，淚流滿面。昭正欲問時，師大叫一聲，眼睛迸出而死。時正元二年二月也。

於是司馬昭發喪，申奏魏主曹髦。髦遣使持詔到許昌，即命暫留司馬昭屯軍許昌，以防東吳。昭心中猶豫未決，鍾會曰：「大將軍新亡，人心未定。將軍若留守於此，萬一朝廷有變，悔之何及？」◎9昭從之，即起兵還屯洛水之南。

髦聞之大驚！太尉王肅奏曰：「昭既繼其兄掌大權，陛下可封爵以安之。」髦遂命王肅持詔，封司馬昭爲「大將軍」、「錄尚書事」。昭入朝謝恩畢，自此中外大

〈評點〉

◎6：卻是有心而來。（鍾伯敬）

◎7：文欽如此有粗無細，幹得甚事？（毛宗崗）

◎8：愼令取人甚閑。（李贄）

◎9：司馬昭之有鍾會，猶曹操之有賈詡、郭嘉耳。（李漁）

◆司馬昭（211～265），字子上，三國時期魏大臣。司馬懿次子，河內溫縣（今河南溫縣西）人。西晉奠基者之一。成語「司馬昭之心，路人皆知」比喻人所共知的野心。（葉雄繪）

小事情皆歸於昭。

卻說西蜀細作哨知此事，報入成都。姜維奏後主曰：「司馬師新亡，司馬昭初握重權，必不敢擅離洛陽。臣請乘間伐魏，以復中原。」後主從之，遂命姜維興師伐魏。

維到漢中整頓人馬，征西大將軍張翼曰：「蜀地淺狹，錢糧淺薄，不宜遠征。不如據險守要，恤軍愛民。此乃國家之計也。」

維曰：「不然！昔丞相未出茅廬，已定三分天下。然其六出祁山，以圖中原。不幸中途而喪，以致功業未成。今吾既受丞相遺命，當盡忠保國，以繼其志。雖死而無恨也！今魏有隙可乘，不就此時伐之，更待何時？」

夏侯霸曰：「將軍之言是也！可將輕騎先出枹罕※3；若得洮西、南安，則諸郡可定。」張翼曰：「向者不克而還，皆因軍出甚遲也。兵法云：『攻其無備，出其不意。』今若火速進兵，使魏人不能隄防，必然全勝矣！」於是姜維引兵百萬，望枹罕進發。

兵至洮水，守邊軍士報知雍州刺史王經、副將軍陳泰。王經先起馬步兵七萬來迎。姜維分付張翼：「如此，如此……。」又分付夏侯霸：「如此，如此……。」二人領計去了。維乃自引大軍，背洮水列陣。

王經引數員牙將，出而問曰：「魏與蜀、吳已成鼎足之勢。汝累次入寇，何也？」維曰：「司馬師無故廢主，鄰邦理宜問罪！何況讎敵之國乎？」

經回顧張明、花永、劉達、朱芳四將曰：「蜀兵背水爲陣，敗則皆歿於水矣！姜維驍勇，汝四將可戰之。彼若退動，便可追擊。」四將分左右而出，來戰姜維。維略戰數合，撥回馬望本營便走。王經大驅軍馬，一齊趕來。

維引兵望著洮西而走，將次近水，大呼將士曰：「事急矣！諸將何不努力？」眾將一齊奮力殺回！魏兵大敗！

張翼、夏侯霸抄在魏兵之後，分兩路殺來，把魏兵困在垓心。維奮武揚威，殺入魏軍之中，左衝右突。魏兵大亂，自相踐踏。死者大半，逼入洮水者無數。斬首萬餘，疊屍數里。

王經引敗兵百騎奮力殺出，徑往狄道城而走，奔入城中，閉門保守。姜維大獲全功，犒軍已畢，便欲進兵攻打狄道城。張翼諫曰：「將軍功績已成，威聲大震，可以止矣！今若前進，倘不如意，正如畫蛇添足也。」

維曰：「不然！向者兵敗，尚欲進取，縱橫中原。今日洮水一戰，魏人膽裂，

◆姜維背水破大敵。兵臨洮水，姜維背水一戰，大獲全功。（fotoe提供）

注釋

※3：古縣名，治理範圍在今甘肅臨夏縣東北。

吾料狄道唾手可得，汝勿自墮其志也。」◎10張翼再三勸諫，維不從，勒兵來取狄道城。

卻說雍州征西將軍陳泰正欲起兵爲王經報兵敗之讎，忽兗州刺史鄧艾引兵到。泰接著，禮畢。艾曰：「今奉大將軍之命，特來助將軍破敵。」

泰問計於鄧艾，艾曰：「洮水得勝，若招羌人之眾，東爭關、隴，傳檄四郡；此吾兵之大患也。今彼不思如此，卻圖狄道城。其城垣堅固，急切難攻，空勞兵費力耳。吾今陳兵於項嶺，然後進兵擊之。蜀兵必敗矣！」

陳泰曰：「眞妙論也！」遂先撥二十隊兵，每隊五十人。盡帶旌旗、鼓角、烽火之類，日伏夜行，去狄道城東南高山深谷之中埋伏，只待兵來，一齊鳴鼓吹角爲應，夜則舉火放砲以驚之。◎11調度已畢，專候蜀兵到來。於是陳泰、鄧艾各引二萬兵相繼而進。

卻說姜維圍住狄道城，令兵八面攻之。連攻數日不下，心中鬱悶，無計可施。是夜，黃昏時分，忽三五次流星馬報說：「有兩路兵來，旗上明書大字，一路是『征西將軍』陳泰，一路是『兗州刺史』鄧艾。」維大驚！遂請夏侯霸商議。

霸曰：「吾向嘗爲將軍言：『鄧艾自幼深明兵法，善曉地理。』今領兵到，頗爲勁敵。」維曰：「彼軍遠來，我休容他住腳，便可擊之！」乃留張翼攻城，命夏侯霸引兵迎陳泰，維自引兵來迎鄧艾。

◆成都錦里，是復活三國「舊時光」的一條休閒文化街。（魏德智／fotoe 提供）

行不到五里，忽然東南一聲礮響，鼓角震地！火光沖天。維縱馬看時，只見週圍皆是魏兵旗號。維大驚！曰：「中鄧艾之計矣！」遂傳令教夏侯霸、張翼各棄狄道而退。◎12

於是蜀兵皆退歸漢中。維自斷後，只聽得背後鼓聲不絕。維退入劍閣之時，方知火鼓二十餘處，皆虛設也。維收兵退，屯於鍾堤。

且說後主因姜維有洮西之功，降詔封維爲大將軍。維受了職，上表謝恩畢。再議出師伐魏之策。正是：

「成功不必添蛇足，討賊猶思舊虎威。」◎13

未知此番北伐如何，且看下文分解……

〈評點〉

◎10：張翼又諫而姜維不從，直要殺的不敗不止。（李漁）

◎11：虛張其勢亦妙。（鍾伯敬）

◎12：鄧艾先聲足以奪人，非鼓聲足以驚姜維，因有夏侯霸之言爲之先耳。（毛宗崗）

◎13：讀到此等去處，眞如嚼蠟，淡然無味。陣法兵機都是說了又說，無異今日秀才文字也。山人詩句亦然。（李贄）

第一百十一回　鄧士載智敗姜伯約　諸葛誕義討司馬昭

卻說姜維退兵屯於鍾堤，魏兵屯於狄道城外，王經迎接陳泰、鄧艾入城，拜謝解圍之事。設宴相待，大賞三軍。泰將鄧艾之功申奏魏主曹髦。髦封艾爲「安西將軍」，假節領「護東羌校尉」，同陳泰兵屯於雍涼等處。

鄧艾上表謝恩畢，陳泰設宴與鄧艾拜賀，曰：「姜維夜遁，其力已竭。不敢再出矣！」艾笑曰：「吾料蜀兵其必出有五。」◎1

泰問其故，艾曰：「蜀兵雖退，終有乘勝之勢，吾兵終有弱敗之實。其必出一也。蜀兵皆是孔明教演精銳之兵，容易調遣。吾將不時更換，軍又訓練不熟。其必出二也。蜀人多以船行，吾軍皆是旱地，勞逸不同，其必出三也。狄道、隴西、南安、祁山四處，皆是守戰之地。蜀人或聲東擊西，指南攻北，吾兵必須分頭把守。蜀兵合爲一處而來，以一分當我四分，其必出四也。若蜀兵自南安、隴西，則可取羌人之穀爲食，若出祁山，則有麥可就食。其必出五也。」

陳泰嘆服曰：「公料敵如神，蜀兵何足慮哉？」於是陳泰與鄧艾結爲忘年之交※1。艾遂將雍涼等處之兵，每日操練。各處隘口，皆立營寨，以防不測。

卻說姜維在鍾堤大設筵會，會集諸將，商議伐魏之事，「令使」樊建諫曰：「將軍屢出未獲全勝，今日洮西之戰，魏人既服威名，何故又欲出也？萬一不利，前功盡棄。」維曰：「汝等只知魏國地寬人廣，急不可得。卻不知攻魏者有五可勝。」

眾問之！維答曰：「彼洮西一敗，挫盡銳氣，吾兵雖退，不曾損折。今若進兵，一可勝也！吾兵船載而進，不致勞困，彼兵皆從旱地來迎。二可勝也。吾兵久經訓練之眾，彼皆烏合之徒，不曾有法度。三可勝也！吾兵自出祁山掠抄秋穀爲食，四可勝也！彼兵雖各守備，軍力分開，吾兵一處而去，彼安能救？五可勝也。不在此時伐魏，更待何時耶？」◎2

夏侯霸曰：「艾年雖幼，而機謀深遠。近封爲『安西將軍』之職，必於各處準備，非同往日矣！」◎3維厲聲曰：「吾何畏彼哉！公等休長他人銳氣，滅自己威風。吾意已決，必先取隴西。」眾不敢諫。

維自領前部，令眾將隨後而進，於是蜀兵盡離鍾堤，殺奔祁山來。哨馬報說：「魏兵已先在祁山立下九箇寨柵。」維不信，引數騎凭高望之，果見祁山九寨勢如

〈評點〉

◎1：此時鄧艾居然有將略之才。（李漁）

◎2：不出鄧艾所料。然亦所云英雄之間略同也。大抵兵家全要知彼知此。（李贄）

◎3：維但能料其兵，霸則能料其將。（毛宗崗）

注釋

※1：不理會年齡上的差異，結爲朋友。

◆湖北省襄樊古隆中武侯祠。（fotoe提供）

長蛇，首尾相顧。

維回顧左右曰：「夏侯霸之言，信不誣矣！此寨形勢絕妙，止吾師諸葛丞相能之。今觀鄧艾所爲不在吾師之下。」遂回本寨，喚諸將曰：「魏人既有準備，必知吾來矣！吾料鄧艾必在此間。汝等可虛張吾旗號，據此谷口下寨。每日令百餘騎出哨，每出哨一回，換一番衣甲旗號。按青、黃、赤、白、黑，五方旗幟更換。吾卻提大兵偷出董亭，逕襲南安去也。」遂令鮑素屯於祁山谷口，維盡率大兵，望南安進發。

卻說鄧艾知蜀兵出祁山，早與陳泰下寨準備──見蜀兵連日不來搦戰，一日五番哨馬出寨，或十里十五里而回。

艾凭高望畢，慌入帳與陳泰曰：「姜維不在此間，必取董亭襲南安去了。出寨哨馬只是這幾匹，更換衣甲，往來哨探，人馬皆困乏。主將必無能者。陳將軍可引一軍攻之，其寨可破也。

「破了寨柵，便引兵襲董亭之路，先斷姜維之後。吾當先引一軍救南安，逕取武城山。若先占此山頭，姜維必取上邽。上邽有一谷，名曰段谷，地狹山險，正好埋伏。

彼來爭武城山時，我先伏兩軍於『段谷』，破維必矣！」

泰曰：「吾守隴西二三十年，未嘗如此明察地理。公之所言，眞神算也！公可速去，吾自攻此處寨柵。」於是鄧艾引軍星夜倍道而行，逕到武城山。下寨已畢，蜀兵未到。艾即令子鄧忠與「帳前校尉」師纂：「各引五千兵，先去段谷埋伏，如此如此而行。」二人受計而去。艾令偃旗息鼓，以待蜀兵。

卻說姜維從董亭望南安而來。至武城山前，謂夏侯霸曰：「近南安有一山，名武城山。若先得了，可奪南安之勢。只恐鄧艾多謀，必先隄防。」正疑慮間，忽然山上一聲礮響，喊聲大震！鼓角齊鳴！旌旗遍豎，皆是魏兵，中央風飄起一黃旗，大書「鄧艾」字樣。蜀兵大驚！◎4

山上數處精兵殺下，勢不可當。前軍大敗！維急率中軍人馬去救時，魏兵已退。

維直來武城山下，搦戰鄧艾。山上魏兵並不下來。維令軍士辱罵。至晚，方欲退軍，山上鼓角齊鳴！卻又不見魏兵下來。維欲上山衝殺，山上砲石甚嚴，不能得進。

守至三更欲回，山上鼓角又鳴。維移兵下山屯紮，比及令軍搬運木石，方欲豎

〈評點〉

◎4：鄧艾識見俱先姜維一著。（鍾伯敬）

◆魏晉時代貴族出行儀杖圖。貴族騎馬出行，由穿上盔甲、持武器旌旗的侍從簇擁，聲勢煊赫，也反映出北方貴族仍以騎從為主。出自魏晉畫像磚。（fotoe提供）

立爲寨，山上鼓角又鳴！魏兵驟至。蜀兵大亂，自相踐踏，退回舊寨。

次日，姜維令軍士運糧草車仗至武城山，穿連排定，欲立寨柵，以爲屯兵之計。是夜二更，鄧艾令五百人各執火把，分兩路下山，放火燒車仗。兩兵混殺了一夜，營寨又立不成。

維復引兵退，再與夏侯霸商議曰：「南安未得，不如先取上邽。上邽乃南安屯糧之所，若得上邽，南安自危矣！」◎5遂留霸屯於武城山，維盡引精兵猛將，逕取上邽。◎6

行了一宿，將及天明，見山勢狹峻，道路崎嶇。乃問鄉導官曰：「此處何名？」答曰：「段谷！」維大驚曰：「其名不美！『段谷』者，斷谷也。倘有人斷其谷口，如之奈何？」

正躊躇未決，忽前軍來報：「山後塵土大起！必有伏兵。」維急令退軍。師纂、鄧忠兩軍殺出！維且戰且走！前面喊聲大震！鄧艾引兵殺到。

三路夾攻，蜀兵大敗。幸得夏侯霸引兵殺到，魏兵方退。救了姜維。欲再往祁山。霸曰：「祁山寨已被陳泰打破，鮑素陣亡，全寨人馬皆退回漢中去了。」

維不敢取董亭，急投山僻小路而回。後面鄧艾急追！維令諸軍前進，自爲斷後。正行之際，忽然山中一軍突出，乃魏將陳泰也！◎7魏兵一聲喊起！將姜維困在垓心。

維人困馬乏，左衝右突，不能得出。「盪寇將軍」張嶷聞姜維受困，引數百騎殺入重圍。維因乘勢殺出，嶷被魏兵亂箭射死。

維得脫重圍，復回漢中。因感張嶷忠勇，歿於王事。乃表贈其子孫。於是蜀中將士，多有陣亡者，皆歸罪於姜維。維照武侯街亭舊例，乃上表自貶爲「後將軍」、「行大將軍事」。

卻說鄧艾見蜀兵退盡，乃與陳泰設宴相賀，大賞三軍。泰表鄧艾之功，司馬昭遣使持節，加艾官爵，賜印綬。并封其子鄧忠爲「亭侯」。時魏主曹髦改正元三年爲甘露元年。

司馬昭自爲「天下兵馬大都督」，出入常令三千鐵甲驍將前後簇擁，以爲護衛。一應事務不奏朝廷，就在相府裁處，自此常懷篡逆之心。有一心腹人，姓賈名充，字公閭。乃故建威將軍賈逵之子，爲昭府下長史。

〈評點〉

◎5：姜維亦料到此，但先爲鄧艾料去了。畢竟是鄧艾先猜先著。（毛宗崗）

◎6：鄧艾色色先姜維一著。（李贄）

◎7：讀者至此，又爲姜維著急。（李漁）

◆鄧士載智敗姜伯約。總體來看，姜維和鄧艾作戰，互有勝負，但蜀國國力遠遠不如魏國，因此戰爭對國力損耗很大。（fotoe提供）

◆諸葛誕（？～258），字公休，琅琊郡陽都縣（今山東沂南）人。諸葛亮的族弟，初為魏國大臣，後投降東吳，西元258年被司馬昭殺死。（fotoe提供）

充謂昭曰：「今主公掌握大柄，四方人心必然未安。且當暗訪，然後徐圖大事。」昭曰：「吾正欲如此。汝可爲我東行，只推慰勞出征軍士爲名，以探消息。」賈充領命，逕到淮南，入見「鎮東大將軍」諸葛誕。

誕字公休，乃瑯琊南陽人，即武侯之族弟也，◎8向仕於魏。因武侯在蜀爲相，因此不得重用。後武侯身亡，誕在魏歷重職，封高平侯，總攝兩淮軍馬。當日賈充託名勞軍，至淮南見諸葛誕。誕設宴待之。

酒至半酣，充以言挑誕曰：「近來洛陽諸賢皆以主上懦弱，不堪爲君。司馬大將軍三世輔國，功德彌天，可以禪代魏統。未審鈞意若何？」誕大怒！曰：「汝乃賈豫州之子，世食魏祿，安敢出此亂言？」充謝曰：「某以他人之言告公耳。」誕曰：「朝廷有難，吾當以死報之！」◎9充默然。

次日，充辭歸，見司馬昭，細言其事。昭大怒曰：「鼠輩安敢如此？」充曰：「誕在淮南，深得人心，久必爲患。可速除之！」昭遂暗發密書與「揚州刺史」樂綝。一面遣使齎詔，徵誕爲「司空」。

誕得了昭書，已知是賈充告變。遂捉來使拷問，使者曰：「此事樂綝知之！」誕曰：「他如何得知？」使者曰：「司馬將軍已令人到揚州，送密書與樂綝矣！」誕大怒！叱左右斬了來使，遂起部下兵千人，殺奔揚州來。將至南門，城門已閉，吊橋拽起，誕在城下叫門，城上並無一人回答。誕大怒！曰：「樂綝匹夫，安敢如此？」遂令將士打城。

手下十餘驍騎下馬渡河，飛身上城，殺散軍士，大開城門。於是諸葛誕引兵入城，乘風放火。殺至綝家，綝慌上樓避之。誕提劍上樓，大喝曰：「汝父樂進昔日受魏國大恩。不思報本，反欲順司馬昭耶？」綝未及回言，為誕所殺。◎10

一面具表數司馬昭之罪，使人申奏洛陽。一面大聚兩淮屯田戶口十餘萬，并揚州新降兵四萬餘人，積草屯糧，準備進兵。又令「長史」吳綱送子諸葛靚入吳為質求援，務要合兵誅討司馬昭。

◆諸葛誕義討司馬昭。諸葛誕殺入揚州，斬了樂綝。（fotoe提供）

〈評點〉

◎8：兄弟三人分事三國。（毛宗崗）

◎9：說得凜烈如此。（李漁）

◎10：樂綝無用如此，司馬昭亦何必先使之知耶？只送之死耳。（李贄）

此時東吳丞相孫峻病亡，從弟孫綝輔政。綝字子通，爲人強暴。殺「大司馬」滕胤、「將軍」呂據、王惇等。因此權柄皆歸於綝。吳王孫亮雖然聰明，無可奈何。於是吳鋼將諸葛靚至石頭城入拜孫綝。

綝問其故，鋼曰：「諸葛誕乃蜀漢諸葛武侯之族弟也！◎11向事魏國；今見司馬昭欺君罔上，廢主弄權。欲興師討之，而力不及，故特來歸降。誠恐無憑，專送親子諸葛靚爲質。伏望發兵相助。」

綝從其請，便遣大將全懌、全端爲主將，于詮爲合後，朱異、唐咨爲先鋒，文欽爲鄉導。起兵七萬，分三隊而進。吳鋼回壽春報知諸葛誕。誕大喜，遂陳兵準備。

卻說諸葛誕表文到洛陽。司馬昭見了大怒！欲自往討之。賈充諫曰：「主公乘父兄之基業，恩德未及四海。今棄天子而去，若一朝有變，後悔何及？不如奏請太后及天子一同出征，可保無虞。」

昭喜曰：「此言正合吾意。」遂入奏太后曰：「諸葛誕謀反。臣與文武官僚計議停當，請太后同天子御駕親征，以繼先帝之遺意。」◎12太后畏懼，只得從之。

次日，昭請魏主曹髦起程。髦曰：「大將軍都督天下軍馬，任從調遣，何必朕自行也？」昭曰：「不然。昔日武祖縱橫四海，文帝、明帝

◆ 湖北武漢龜山三國城。（ccnpic.com 提供）

有包括宇宙之志，并吞八荒之心，凡遇大敵，必須自行。陛下正宜追配先君，掃清故孽，何自畏也！」◎13髦畏威權，只得從之。

昭遂下詔，盡起兩都之兵二十六萬，命「鎮南將軍」王基爲正先鋒，「安東將軍」陳騫爲副先鋒，「監軍」石苞爲左軍，「兗州刺史」周泰爲右軍，保護車駕，浩浩蕩蕩，殺奔淮南而來。

東吳先鋒朱異引兵迎敵。兩軍對圓，魏軍中王基出馬，朱異來迎。戰不三合，朱異敗走；唐咨出馬，戰不三合，亦大敗而走。王基驅兵掩殺，吳兵大敗，退五十里下寨。

報入壽春城中。諸葛誕自引本部銳兵，會合文欽並二子文鴦、文虎，◎14雄兵數萬，來敵司馬昭。正是：

「方見吳兵銳氣墮，又看魏將勁兵來。」

未知勝負如何，且看下文分解。

〈評點〉

◎11：不說諸葛瑾之弟，而獨說武侯者，因孫峻殺諸葛瑾之子故也。有針線。（毛宗崗）

◎12：孫綝將諸葛誕兒子作當頭，司馬昭卻將太后天子帶在軍中作當頭。（毛宗崗）

◎13：說得好聽。（李贄）

◎14：文鴦前卷不知下落，此處卻與文欽會在一處。（毛宗崗）

第一百十二回　救壽春于詮死節　取長城伯約鏖兵

卻說司馬昭聞諸葛誕會合吳兵前來決戰，乃召「散騎長史」裴秀、「黃門侗郎」鍾會，商議破敵之策。鍾會曰：「吳兵之助諸葛誕，實爲利也。以利誘之，則必勝矣！」◎1

昭從其言，遂令石苞、周泰先引兩軍於石頭城埋伏，王基、陳騫領精兵在後。卻令偏將成倅引兵數萬先去誘敵。又令陳俊引車仗、牛馬、驢騾，裝載賞軍之物，四面聚集於陣中：「如敵來，則棄之！」

是日，諸葛誕令吳將朱異在左，文欽在右。見魏陣中人馬不整，誕乃大驅士馬逕進。成倅退走，誕驅兵掩殺，見牛馬、驢騾遍滿郊野，南兵爭取，無心戀戰。

忽然一聲砲響！兩路兵殺來，左有石苞，右有周泰。誕大驚！急欲退時，王基、陳騫精兵殺到。誕兵大敗，司馬昭又引兵接應。誕引敗兵奔入壽春，閉門堅守。昭令兵四面圍困，併力攻城。時吳兵退屯安豐。魏主車駕駐於項城。

鍾會曰：「今諸葛誕雖敗，壽春城中糧草尚多，更有吳兵屯安豐以爲犄角之勢，今吾兵四面攻圍，彼緩則堅守，急則死戰。吳兵或乘勢夾攻，吾軍無益。不如三面攻之，留南門大路，容賊自走。走而擊之，可全勝也。吳兵遠來，糧必不繼。我引輕騎抄在其後，可不戰而自破矣！」昭撫會背曰：「君眞吾之子房也。」遂令王基撤退南門之兵。

卻說吳兵屯於安豐。孫綝喚朱異，責之曰：「量一壽春城不能救，安可併吞中原？如再不勝必斬！」朱異乃回本寨商議。于詮曰：「今壽春南門不圍。某願領一軍從南門入，去助諸葛誕守城。將軍與魏兵挑戰，我卻從城中殺出，兩路夾攻，魏兵可破矣！」異然其言。於是全懌、全端、文欽等皆願入城，遂同于詮引兵一萬，從南門而入城。

魏兵不得將令，未敢輕敵。任吳兵入城，乃報知司馬昭。昭曰：「此欲與朱異內外夾攻，以破我軍也。」乃召王基、陳騫，分付曰：「汝可引五千兵截斷朱異來路，從背後擊之！」

〈評點〉

◎1：利與義相對，不爲義則必爲利。魏討賊者，義也，會以吳人爲利，則誕之義可知矣！（毛宗崗）

◆湖北荊州三國公園。（ccnpic.com 提供）

二人領命而去。朱異正引兵來，忽背後喊聲大起，左有王基，右有陳騫，兩路軍殺來！吳兵大敗。

朱異回見孫綝。綝大怒！曰：「累敗之將，要汝何用？」叱武士推出斬之！又責全端子全禕曰：「若退不得魏兵，汝父子休來見我！」◎[2]於是孫綝自回建業去了。

鍾會與昭曰：「今孫綝退去，外無救兵，城可圍矣！」昭從之。遂催軍圍攻，全禕引兵殺入壽春，見魏兵勢大，尋思進退無路，遂降司馬昭。昭加禕爲「偏將軍」。

禕感昭恩德，乃修家書與父全端、叔全懌，言：「孫綝不仁，不若降魏……」將書射入城中。懌得禕書，遂與端引數千人開門出降。

諸葛誕在城中憂悶，謀士蔣班、焦彝進言曰：「城中糧少兵多，不能久守。可率吳、楚之眾，與魏兵決一死戰。」誕大怒曰：「吾欲守，汝欲戰，莫非有異心乎？再言必斬！」二人仰天長嘆曰：「誕將亡矣！我等不如早降，免至一死。」是夜二更時分，蔣、焦二人踰城降魏，◎[3]司馬昭重用之。因此，城中雖有敢戰之士，不敢言戰。

誕在城中見魏兵四下築起土城，以防淮水。只望水泛衝倒土城，驅兵擊之。不想自秋至冬，並無霖雨，淮水不泛。

◆三國吳青釉褐彩瓷壺。江蘇省博物館藏。
（Legacy images 提供）

城中看看糧盡，文欽在小城內與二子堅守，見軍士漸漸餓倒。只得來告誕曰：「糧草盡絕，軍士餓損。不如將北方之兵盡放出城，以省其食。」誕大怒曰：「汝教我盡去北軍，欲謀我耶？」叱左右推出斬之！文鴦、文虎見父被殺，各拔短刀立殺數十人，飛身上城，一躍而下。越濠赴魏寨投降。

司馬昭恨文鴦昔日單騎退兵之讎，欲斬之。鍾會諫曰：「罪在文欽。今文欽已亡，二子勢窮來歸，若殺降將，是堅城內人之心也。」昭從之。遂召文鴦、文虎入帳，用好言撫慰，賜駿馬錦衣，加爲「偏將軍」，封「關內侯」。

二子拜謝，上馬遶城大叫曰：「我二人蒙大將軍赦罪賜爵，汝等何不早降？」城內人聞言，皆計議曰：「文鴦乃司馬氏讎人，尚且重用，何況我等乎？」◎4於是皆欲投降，諸葛誕聞之，大怒！日夜自來巡城，以殺爲威。◎5

鍾會知城中人心已變。乃入帳告昭曰：「可乘此時攻城矣！」昭大喜。遂激三軍，四面雲集，一齊攻打。守將曾宣獻了北門，放魏兵入城。

誕知魏兵已入，慌引麾下數百人自城中小路突出。至吊橋邊，正撞著胡遵，手

〈評點〉

◎2：只看孫綝舉動，便知其敗。（鍾伯敬）

◎3：紛紛皆降，皆自己相逼，與敵人無干。可見勝負皆由主將耳。（李漁）

◎4：如「什方侯」故事。（毛宗崗）

◎5：這等暴戾，自取其亡。（鍾伯敬）

起刀落，斬誕於馬下，數百人皆被縛。◎6

王基引兵殺到西門，正遇吳將于詮。基大喝曰：「何不早降？」詮大怒！曰：「受命而出，爲人救難。既不能救，又降他人，義所不爲也！」乃擲盔於地，大呼曰：「人生在世，得死於戰場者，幸耳！」急揮刀死戰，三十餘合，人困馬乏，爲亂軍所殺。◎7後人有詩讚曰：

「司馬當年圍壽春，
降兵無數拜車塵；
東吳雖有英雄士，
誰及于詮肯殺身？」

司馬昭入壽春，將諸葛誕老小盡皆梟首，滅其三族。

武士將所擒諸葛誕部卒數百人縛至。昭曰：「汝等降否？」眾皆大叫曰：「願與諸葛公同死，決不降汝！」◎8昭大怒，叱武士盡縛於城外，逐一問曰：「降者免死！」並無一人言：「降！」直殺至盡，

◆救壽春于詮死節。于詮領軍助諸葛誕守壽春城，城破，于詮被亂軍所殺。（fotoe提供）

終無一人降者。昭深加嘆息不已，令皆埋之。後人有詩讚曰：

「忠臣矢志不偷生，諸葛公休帳下兵；
薤露※1歌聲應未斷，遺蹤直欲繼田橫。」

卻說吳兵大半降魏。裴秀告司馬昭曰：「吳兵老小盡在東南江淮之地。今若留之，久必爲變，不如坑※2之。」鍾會曰：「不然！古之用兵者，全國爲上※3。戮其元惡而已。若盡坑之，是不仁也，不如放歸江南，以顯中國之寬大。」昭曰：「此妙論也！」遂將吳兵盡皆放歸本國。◎9

唐咨因懼孫綝，不敢回國，亦來投魏。昭皆重用，令分布三河之地。

淮南已平，正欲退兵。忽報：「西蜀姜維引兵來取長城，邀截糧草。」昭大驚，與多官計議退兵之策。

時蜀漢延熙二十年，改爲景耀元年。姜維在漢中選川將兩員，每日操練人馬：一是蔣舒，一是傅僉。二人頗有膽勇，維甚愛之。忽報淮南諸葛誕起兵討司馬昭，東吳孫綝助之。昭大起兩淮之兵，挾魏太后并魏主一同出征去了。維大喜，曰：

〈評點〉

◎6：此必然之勢。（李漁）
◎7：于詮義風千古。（李漁）
◎8：此大奇事。（李贄）
◎9：鍾會之言與裴秀天淵之隔，而昭從之，此爲昭之能用善言也。（李漁）

注釋

※1：樂府《相和曲》名，相傳原是齊國東部歌謠，後來成了出殯時候挽柩人所唱的挽歌。
※2：活埋。
※3：完整地得到敵國的土地和人民，此爲上策。語出《孫子・謀攻篇》。意思是最好少殺人、少破壞，而取得充分的勝利成果。

「吾今番大事濟矣！」遂表奏後主，願興兵伐魏。

「中散大夫」譙周聽知，嘆曰：「近來朝廷溺於酒色，信任中貴黃皓，不理國事，只圖歡樂。伯約累欲征伐，不恤軍士，國將危矣！」◎10乃作讎國論一篇，寄於姜維。維拆封視之，論曰：

「或問：『古往能以弱勝強者，其術何如？』曰：『處大國無患者，恒多慢※4。處小國有憂者，恒思善。多慢則生亂，思善則生治，理之常也。故周文養民，以少取多；勾踐䘏眾，以弱斃強。此其術也！』或曰：『曩者楚強漢弱，約分鴻溝※5。張良以為民志既定，則難動也。率兵追羽，終斃項氏。豈必由文王勾踐之事乎？』曰：『商、周之際，王侯世尊，君臣久固。當此之時，雖有漢祖，安能仗劍取天下乎？及秦罷侯置守之後，民疲秦役，天下土崩，於是豪傑並爭。』今我與彼，皆專國易世矣！既非秦末鼎沸之時，實有六國並據之勢。故可以為文王，難為漢祖。時可而後動，數合※6而後舉。故湯武之師不再戰而克，誠重民勞而度時審也。如遂極

◆傅僉（216～263），義陽（今湖北棗陽東南）人，三國蜀漢將領，傅肜之子，鍾會伐蜀，他以身殉國。（fotoe提供）

武黷征※7，不幸遇難，雖有智者，不能謀之矣！」

姜維看畢，大怒！曰：「此腐儒之論也！」擲之於地。遂提川兵來取中原。

維問傅僉曰：「以公度之，可出何地？」僉曰：「魏屯糧草，皆在長城。今可逕取駱谷，渡沈嶺，直到長城，先燒糧草。然後直取秦川。則中原指日可得矣！」維曰：「公之見與吾計暗合也！」即提兵逕取駱谷，渡沈嶺，望長城而來。◎11

卻說長城鎮守將軍司馬望，乃司馬昭之族兄也。城內糧草甚多，人馬卻少。望聽知蜀兵到，急與王眞、李鵬二將，引兵離城二十里下寨。

次日，蜀兵來到，望引二將出陣，姜維出馬，指望而言曰：「今司馬昭遷主於軍中，必有李傕、郭汜之意也。吾今奉朝廷明令，前來問罪！汝當早降。若還愚迷，全家誅戮！」

望大聲而答曰：「汝等無禮，數犯上國。如不早退，令汝片甲不歸！」言未畢，望背後王眞挺槍出馬，蜀陣中傅僉出迎。戰不十合，僉賣箇破綻，王眞便挺槍來刺，傅僉閃過，活捉眞於馬上，便回本陣。

李鵬大怒，縱馬輪刀來救。僉故意放慢，等李鵬將近，努力擲眞於地，暗掣四

〈評點〉

◎10：老誠之見。（李贄）

◎11：此是五伐中原。（毛宗崗）

注釋

※4：處在大國之中而不具有憂患意識的人，經常容易產生懈怠之心。恒：經常、常常。慢：怠慢，懈怠。

※5：楚漢相爭時曾劃鴻溝爲界：東面是楚，西面是漢。鴻溝：古運河名，漢以後改稱「狼湯渠」。

※6：和前句「時可」同義，指合乎時勢。

※7：過分推崇武力，濫施征伐。

楞鐵鐗在手，待鵬趕上，舉刀待砍，傅僉偷身回顧，向李鵬面門——只一鐗，打得眼珠迸出，死於馬下。◎12王眞被蜀軍亂槍刺死。

姜維驅兵大進，司馬望棄寨入城，閉門不出。維下令曰：「軍士今夜且歇一宿，以養銳氣。來日須要入城！」

次日平明，蜀兵爭先大進，一擁至城下，用火箭火砲打入城中。城上草屋一派燒著，魏兵自亂。維又令人取乾柴堆滿城下，一齊放火，烈焰沖天。城已將陷，魏兵在城內嚎啕大哭，聲聞四野。

正攻打之間，忽然背後喊聲大震！維勒馬回看，只見魏兵鼓譟搖旗，浩浩而來。維遂令後隊爲前隊，自立於門旗下候之。只見魏陣中，一小將全裝貫帶，挺槍縱馬而出。年約二十餘歲，面如傅粉，唇似抹硃，厲聲大叫曰：「認得鄧將軍否？」

維自思曰：「此必是鄧艾矣！」挺槍縱馬而來！二人抖擻精神，戰到三四十合，不分勝負！那小將軍槍法

◆建於戰國時期的趙長城，河北武安摩天嶺。（fotoe提供）

◆甘肅武威春節社火，《三國演義》中的人物諸葛亮（中）、關雲長（左）、呂布（右）粉墨登場。（fotoe提供）

無半點放閒。維心中自思：「不用此計，安得勝乎？」便撥馬望左邊山路中而走！那小將驟馬追來！

維挂住鋼槍，暗取鵰弓羽箭射之！那小將眼乖※8，早已見了。弓弦響處，把身望前一倒，放過羽箭。維回頭，看小將已到，挺槍來刺！維閃過，那槍從肋旁邊過，被維挾住。那小將棄槍，望本陣而走。維嗟嘆曰：「可惜！可惜！」再撥馬趕來！

追至陣門前，一將提刀而出，曰：「姜維匹夫！勿趕吾兒。鄧艾在此！」維大驚！原來小將乃艾之子鄧忠也。

維暗暗稱奇。欲戰鄧艾，又恐馬乏。乃虛指艾曰：「吾今日識汝父子也！◎13且各

〈評點〉

◎12：傅僉勇而有謀。（李漁）

◎13：眞乃幸會。（李漁）

注釋

※8：機靈。

收兵，來日決戰。」艾見戰場不利，亦勒馬應曰：「既如此，各自收兵。暗算者非丈夫也。」於是兩軍皆退。鄧艾據渭水下寨，姜維跨兩山安營。

艾見蜀兵地理。乃作書與司馬望曰：「我等切不可戰，只宜固守。待關中兵至

◆取長城伯約鏖兵。姜維追趕鄧艾之子鄧忠，鄧艾急來相救。（fotoe提供）

時，蜀兵糧草皆盡。三面攻之，無不勝也！今遣長子鄧忠相助守城。」◎14一面差人於司馬昭處求救。

卻說姜維令人於艾寨中下戰書，約來日大戰。艾佯應之。次日五更，維令三軍造飯，平明布陣等候。艾營中偃旗息鼓，卻如無人之狀。維至晚方回。

次日又令人下戰書，責以失期之罪。艾以酒食相待，答曰：「微軀小疾，有誤相待，明日會戰。」次日，維又引兵來，艾仍前不出。如此五六番。傅僉謂維曰：「此必有謀也，宜防之。」維曰：「此必捱關中兵到，三面擊吾耳。吾今致書與東吳孫綝，使併力攻之……。」

忽探馬報說：「司馬昭攻打壽春，殺了諸葛誕，吳兵皆降。昭班師回洛陽。便欲引兵來救長城。」維大驚！曰：「今番伐魏，又成畫餅矣！不如且回。」正是：

「已嘆四番難奏績，又嗟五度未成功。」

未知如何退兵，且看下文分解……

〈評點〉

◎14：鄧艾伯是老手，作家作家。（李贄）

第一百十三回　丁奉定計斬孫綝　姜維鬥陣破鄧艾

卻說姜維恐救兵到，先將軍器車仗，一應軍需，步兵先退。然後將馬軍斷後。細作報知鄧艾。艾笑曰：「姜維知大將軍兵到，故先退去，不必追之。追則中彼之計也。」乃令人哨探。回報果然駱谷道狹之處堆積柴草，準備要燒追兵。眾皆稱艾曰：「將軍眞神算也！」遂遣使齎表奏聞。於是司馬昭大喜，又加賞鄧艾。

卻說東吳大將軍孫綝聽知全端、唐咨等降魏，勃然大怒！將各人家眷盡皆斬之。

吳主孫亮時年方十七，見綝殺戮太過，心甚不然。一日出西苑，因食生梅，令「黃門」取蜜。須臾取至，見蜜內有鼠糞數塊，召「藏吏」責之。「藏吏」叩首曰：「臣封閉甚嚴，安有鼠糞？」亮曰：「黃門曾向爾求蜜食否？」◎1藏吏曰：「『黃門』於數日前曾求食蜜，臣實不敢與。」亮指黃門曰：「此必汝怒『藏吏』不與爾蜜，故置糞於蜜中，以陷之也。」

「黃門」不服。亮曰：「此事易知耳。若糞久在蜜中，則內外皆溼。若新在蜜中，則外溼內燥。」命剖視之，果然內燥。「黃門」服罪。亮之聰明，大抵如此。

◆ 湖北武漢龜山三國城赤壁大戰全景畫館。（ccnpic.com 提供）

◎2雖然聰明，卻被孫綝把持，不能主張。綝之弟「威遠將軍」孫據入蒼龍宿衛，「武衛將軍」孫恩，「偏將軍」孫幹，「長水校尉」孫闓分屯諸營。

一日，吳主孫亮悶坐。「黃門侍郎」全紀在側，紀乃國舅也。亮因泣告曰：「孫綝專權妄殺，欺朕太甚。今不圖之，必爲後患。」紀曰：「陛下但有用臣處，臣萬死不辭。」亮曰：「卿可只今點起禁兵，與將軍劉丞各把城門，朕自出殺孫綝。但此事切不可令卿母知之。卿母乃綝之姐也，倘若洩漏，誤朕非輕。」紀曰：「乞陛下草詔與臣。臨行事之時，臣將詔示眾，使綝手下人皆不敢妄動。」亮從之。即寫密詔付紀。

紀受詔歸家，密告其父全尚。尚知此事，乃告妻曰：「三日內殺孫綝矣！」妻曰：「殺之是也！」口

〈評點〉

◎1：問得聰慧。（李漁）

◎2：載一小事之明，以見其大事之察。然無大事可敘者，以大事俱歸於孫綝故耳。（毛宗崗）

雖應之，卻私令人持書報知孫綝。

綝大怒！當夜便喚弟兄四人，點起精兵，先圍大內※1。一面將全尚、劉丞，併其家小俱拏下。

比及平明，吳主孫亮聽得宮門外金鼓大震！內侍慌入奏曰：「孫綝引兵圍了內苑。」亮大怒！指全后罵曰：「汝父兄誤我大事矣！」乃拔劍欲出，全后與侍中近臣皆牽其衣而哭，不放亮出。

孫綝先將全尙、劉丞等殺訖，然後召文武於朝內，下令曰：「主上荒淫久病，昏亂無道，不可以奉宗廟。今當廢之。汝諸文武，敢有不從者，以謀叛論。」眾皆畏懼，應曰：「願從將軍之命！」尙書桓懿大怒，從班部中挺然而出，指孫綝大罵！曰：「今上乃聰明之主，汝何敢出此亂言？吾寧死不從賊臣之命。」◎3琳大怒！自拔劍斬之，即入內指吳主孫亮罵曰：「無道昏君！本當誅戮以謝天下。看先帝之面，廢汝爲會稽王。吾自選有德者立之。」叱中書郎李崇奪其印綬，令鄧程收之。亮大哭而去。後人有詩嘆曰：

「亂賊誣伊尹，奸臣冒霍光。

可憐聰明主，不得涖朝堂。」

孫綝遣「宗正」孫楷、「中書郎」董朝往虎林迎請瑯琊王孫休爲君。休字子烈，乃孫權第六

◆三國持畚箕女陶俑，高54公釐，1981年重慶忠縣出土。（fotoe提供）

子也。在虎林夜夢乘龍上天，回顧不見龍尾。失驚而覺。次日，孫楷、董朝至，拜請回都。

行至曲阿，有一老人自稱姓干名休，叩頭言曰：「事久必變，願殿下速行。」休謝之。

行至布塞亭，孫恩將車駕來迎。休不敢乘輦，乃坐小車而入。百官拜謁道傍，休慌忙下車答禮。孫綝出，令扶起。請入大殿，升御座即天子位。休再三謙讓，方受玉璽。

文武官將朝賀已畢，大赦天下，改元永安元年。封孫綝爲「丞相」、「荊州牧」。多官各有封賞，又封兄之子孫皓爲烏程侯。

孫綝一門五侯，皆典禁兵，權傾人主。吳主孫休恐其內變，陽示恩寵，內實防之。綝驕橫愈甚。

冬十二月，綝奉牛酒入宮上壽※2。吳主孫休不受，綝怒，乃以牛酒詣「左將軍」張布府中共飲。酒酣，乃謂布曰：「我初廢會稽王時，人皆勸吾爲君。吾爲今上賢，故立之。今我上壽而見拒，是將我等閒相待。吾早晚教你看。」布聞言，唯

〈評點〉

◎3：是漢子。（李贄）

注釋

※1：皇宮內苑。

※2：古代小輩向長輩或臣下向君主敬酒、獻禮稱「上壽」。

唯而已。

次日，布入宮，密奏孫休。休大懼，日夜不安。數日內，孫綝遣「中書郎」孟宗，撥與中營所管精兵一萬五千，出屯武昌。又盡將武庫內軍器與之。於是將軍魏邈，武衛士施朔二人密奏孫休曰：「綝調兵在外。又搬盡武庫內軍器。早晚必爲變矣！」

休大驚，急召張布計議。布奏曰：「老將丁奉計略過人，能斷大事。可與議之。」休乃召奉入內，密告其事。奉奏曰：「陛下勿憂。臣有一計，爲國除害。」休問：「何計？」奉曰：「來朝臘日※3，只推大會群臣，召綝赴席，臣自有調遣。」休大喜。

奉令魏邈、施朔爲外事，張布爲內應。是夜狂風大作，飛沙走石，將老樹連根拔起。天明風定，使者奉旨來請孫綝入宮赴宴。

孫綝方起牀，平地如人推倒，心中不悅。使者十餘人簇擁入內，家人止之曰：「昨夜狂風不息，今早又無故驚倒，恐非吉兆。不可赴宴。」綝曰：「吾兄弟共典禁兵，誰敢近身？倘有變動，於府中放火爲號。」囑訖，升車入內。吳主孫休慌下御坐迎之，請綝高坐。酒行數巡，眾驚曰：「宮外望有火起！」綝便欲起身，休止之曰：「丞相穩便。外兵自多，何必懼哉？」言未畢，「左將軍」張布拔劍在手，引武士三千餘人，搶上殿來。口中厲聲而言，曰：「有詔擒反賊孫綝。」◎4綝急

〈評點〉

◎4：令人追想孫峻殺諸葛恪時事。（李漁）

◆丁奉定計斬孫綝。丁奉設計請孫綝赴宴，於席間擒而斬之。（fotoe提供）

欲走時，早被武士擒下。

綝叩頭奏曰：「願徙交州，歸田里。」休叱曰：「爾何不徙滕胤、呂據、王惇耶？」命推下斬之！於是張布牽孫綝下殿東斬訖。從者皆不敢動。

布宣詔曰：「罪在孫綝一人，餘皆不問。」眾心乃安。布請孫休升五鳳樓。丁奉、魏邈、施朔等擒孫綝兄弟至。休命盡斬於市，宗黨死者數百人，滅其三族。命軍士掘開孫峻墳墓，戮其屍首。將被害諸葛恪、滕胤、呂據、王惇等家重建墳墓，以表其忠。其牽累遠流者※4，皆赦還鄉里。丁奉等重加封賞。

注釋

※3：舊時臘祭的日子。

※4：流放到遠地的人。

馳書報入成都。後主劉禪遣使回賀。吳使薛珝答禮。

珝自蜀中歸。吳主孫休問：「蜀中近日作何舉動？」薛珝奏曰：「近日中常侍黃皓用事，公卿多阿附之。入其朝，不聞直言；經其野，民有菜色。所謂『燕雀處堂，不知大廈之將焚』者也。」◎5

休嘆曰：「若諸葛武侯在時，何至如此乎？」於是又寫國書，教人齎入成都說：「司馬昭不日篡魏，必將侵吳、蜀以示威。彼此各宜準備。」

姜維聽得此信，忻然上表，再議出師伐魏。時蜀漢景耀元年冬。

大將軍姜維以廖化、張翼爲先鋒，王含、蔣斌爲左軍，蔣舒、傅僉爲右軍，胡濟爲合後。維與夏侯霸總中軍，共起蜀兵二十萬，拜辭後主，逕到漢中。與夏侯霸商議：「當先攻取何地？」

霸曰：「祁山乃用武之地，可以進兵。故丞相昔日六出祁山，因他處不可出也。」維從其言。遂令三軍並望祁山進發。至谷口下寨。

時鄧艾正在祁山寨中整點隴右之兵，忽流星馬到，報說：「蜀兵現下三寨於谷口。」艾聽知，遂登高看了，回寨升帳，大喜曰：「不出我之所料也！」

原來鄧艾先度了地脈，故留蜀兵下寨之地，地中至祁山寨直至蜀寨，早挖了地道，待蜀兵至時於中取事。此時姜維至谷口，分作三寨。地道正在左寨之中，乃王含、蔣斌下寨之處。

◆陝西省寶雞市岐山縣定軍山下的諸葛亮陵墓。（fotoe提供）

鄧艾喚子鄧忠與師纂各引一萬兵，爲左右衝擊。卻喚「副將」鄭倫引五百掘子軍※5，於當夜二更，逕於地道直至左營，從帳後地下擁出。

卻說王含、蔣斌因立寨未定，恐魏兵來刦寨，不敢解甲而寢。忽聞中軍大亂，急綽兵器，上得馬時，寨外鄧忠引兵殺到，內外夾攻，王、蔣二將奮死抵敵不住，棄寨而走。

姜維在帳中聽得左寨中大喊，料到有內應外合之兵。遂急上馬，立於中軍帳前，傳令曰：「如有妄動者斬！便有敵兵到營邊，休要問他，只管以弓弩射之！」一面傳示右營亦不許妄動。◎6果然魏兵十餘次衝擊，皆被射回。只衝殺到天明，魏兵不敢殺入。

鄧艾收兵回寨，乃嘆曰：「姜維深得孔明之法，兵在夜而不驚，將聞變而不亂，眞將才也。」

次日，王含、蔣斌收聚敗兵，伏於大寨前請罪。維曰：「非汝等之罪，乃我不明地脈之故也。」又撥軍馬，令二將安營訖，卻將傷死屍身塡於地道之中，以土掩之。令人下戰書，單搦鄧艾來日交鋒。艾忻然應之。

〈評點〉

◎5：使者口中敘出蜀中朝野如此行事，社稷豈能久乎？（李漁）

◎6：老手。（李贄）

注釋

※5：挖掘地道的工兵。

次日，兩軍列於祁山之前。維按武侯「八陣」之法，依天、地、風、雲、鳥、蛇、龍、虎之形，分布已定。鄧艾出馬，見維布成「八卦」，乃亦布之，左右前後，門戶一般。

維持槍縱馬，大叫曰：「汝效吾排『八陣』，亦能變陣否？」艾笑曰：「汝道此陣只汝能布耶？吾既會布陣，豈不知變陣？」便勒馬入陣，令執法官把旗左右招颭，變成八八六十四個門戶。復出陣前，曰：「吾變法若何？」

維曰：「雖然不差，汝敢與吾入陣相圍麼？」艾曰：「有何不敢？」兩軍各依隊伍而進。艾在中軍調遣，兩軍衝突，陣法不曾錯動。姜維到中間把旗一招，忽然變成「長蛇捲地陣」，將鄧艾困在垓心，四面喊聲大震！

艾不知其陣，心中大驚！蜀兵漸漸逼近，艾引眾將衝突不出，只聽得蜀兵齊叫曰：「鄧艾早降！」艾仰天長嘆曰：「我一時自逞其能，中姜維之計矣！」◎7

忽然西北角上一彪軍殺入。艾見是魏兵，遂乘勢殺出。救鄧艾者，乃司馬望也。◎8比及救出鄧艾時，祁山九寨皆被蜀兵所奪。艾引兵退於渭水南下寨。

艾謂望曰：「公何以知此陣法，而救出我也？」望曰：「我幼年遊學於荊南，曾與崔州平、石廣元為友，講論此陣。今日姜維所變者，乃『長蛇捲地陣』也。若

◆姜維鬥陣破鄧艾。鄧艾被姜維困在陣中，幸得司馬望救出。（fotoe提供）

他處擊之，必不可破。吾見其頭在西北，故從西北擊之自破矣！」

艾謝曰：「我雖學得陣法，實不知變法！公既知此法，來日以此法復奪祁山寨柵如何？」望曰：「我之所學，恐瞞不過姜維。」艾曰：「來日公在陣上與他鬬陣法，我卻引一軍暗襲祁山之後。兩下混戰，可奪舊寨也。」於是命鄭倫爲先鋒，艾自引軍襲山後，一面令人下戰書，搦姜維來日鬬陣法。

維批回去訖。乃謂眾將曰：「吾受武侯所傳密書，此陣變法共三百六十五樣，按周天之數。今搦吾鬬陣法，乃班門弄斧耳。但中間必有詐謀，公等知之乎？」廖化曰：「此必賺我鬬陣法，卻引一軍襲我後也！」維笑曰：「正合我意！」即令張翼、廖化引一萬兵去山後埋伏。

次日，姜維盡拔九寨之兵，分布於祁山之前。司馬望引兵離了渭南，逕到祁山之前，出馬與姜維答話。維曰：「汝請吾鬬陣法，汝先布與我看。」望布成了「八卦」，維笑曰：「此即吾所布『八陣』之法也，汝今盜襲，何足爲奇？」

望曰：「汝亦竊他人之法耳。」維曰：「此陣凡有幾變？」望笑曰：「吾既能布，豈不會變？此陣有九九八十一變。」維笑曰：「汝試變來！」望入陣變了數

〈評點〉

◎7：讀至此，令人拍案一快！（毛宗崗）

◎8：好救星。（鍾伯敬）

番，復出陣曰：「汝識吾變否？」維笑曰：「吾陣法按周天三百六十五變。汝乃井底之蛙，安知玄奧乎？」望自知有此變法，實不曾學全。乃勉強折辯曰：「吾不信！汝試變來！」維曰：「汝教鄧艾出來，吾當布與他看。」望曰：「鄧將軍自有良謀，不好陣法。」

維大笑曰：「有何良謀？不過教汝賺吾在此布陣，他卻引兵襲吾山後耳。」◎9望大驚！恰欲進兵混戰，被維以鞭梢一指，兩翼兵先出。殺的那魏兵棄甲拋戈，各逃性命。◎10

卻說鄧艾催都督先鋒鄭倫來襲山後。倫方轉過山角，忽然一聲礮響，鼓角喧天！伏兵殺出，爲首大將乃廖化也！二人未及答話，兩馬交處，被廖化一刀斬鄭倫於馬下。

鄧艾大驚！急勒兵退時，張翼引一軍殺到。兩下夾攻，魏兵大敗。艾捨命突出，身被四箭。奔於渭南寨時，司馬望亦至。二人商議退兵之策。

望曰：「近日蜀主劉禪寵幸中貴黃皓，日夜以酒色爲樂。可用『反間計』召回姜維，此危可解。」艾問眾謀士曰：「誰可入蜀交通黃皓？」言未畢，一人應聲曰：「某願往！」艾視之，乃襄陽黨均也。

艾大喜。即令黨均齎金珠寶物，逕到成都連結黃皓。◎11布散流

◆劇照：諸葛亮收姜維，河南越調演員申鳳梅飾演。（fotoe 提供）

言，說：「姜維怨望天子，不久投魏。」於是成都人人所說皆同。黃皓奏知後主，即遣人星夜宣姜維入朝。◎12

卻說姜維連日搦戰，鄧艾堅守不出，維心中甚疑。忽使命至，詔維入朝，維不知何事，只得班師回朝。鄧艾、司馬望知姜維中計，遂拔渭南之兵，隨後掩殺。正是：

「樂毅伐齊遭間阻，岳飛破敵被讒回※6。」

未知勝敗如何，且看下文分解……

◆河南湯陰縣岳飛廟大殿內岳飛塑像。岳飛（1103～1141），字鵬舉，相州湯陰（今河南湯陰）人，南宋初抗金名將。屢立戰功，卻被高宗召回，被丞相秦檜以「莫須有」罪名殺害。（fotoe提供）

〈評點〉

◎9：說破他心事。（鍾伯敬）

◎10：讀至此，令人又拍案稱快。（李漁）

◎11：閹人偏好金珠，正不知欲傳與何人。可發一嘆！（毛宗崗）

◎12：讀至此，又令人廢書一嘆！（毛宗崗）

注釋

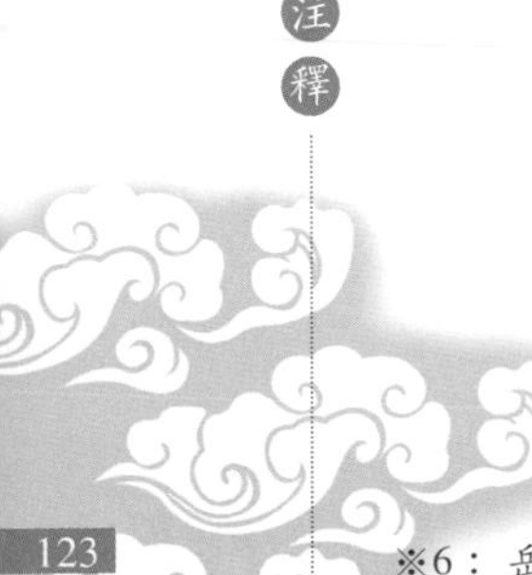

※6：岳飛：南宋時候大將，抗金時，由於秦檜說了造謠中傷的話，宋高宗趙構便把他從戰地召回。這裏是說書人順口舉的例子，所以引用的是三國以後的事情。

第一百十四回　曹髦驅車死南闕　姜維棄糧勝魏兵

卻說姜維傳令退兵。廖化曰：「『將在外，君命有所不受。』今雖有詔，未可動也。」張翼曰：「蜀人爲大將軍，連年動兵，皆有怨望。不如乘此得勝之時，收回人馬，以安民心，再作良圖。」◎1維曰：「善！」遂令各軍依法而退，命廖化、張翼斷後，以防魏兵追擊。

卻說鄧艾引兵追趕，只見前面蜀兵旗幟整齊，人馬徐徐而退。艾嘆曰：「姜維深得武侯之法也。」因此不敢追趕。勒軍回祁山寨去了。

且說姜維至成都入見後主，問召回之故，後主曰：「朕爲卿在邊庭久不還師，恐勞軍士。故詔卿回朝，別無他意！」維曰：「臣已得祁山之寨，正欲收功，不期半途而廢。此必中鄧艾反間之計矣！」後主默然不語。

姜維又奏曰：「臣誓討賊，以報國恩。陛下休聽小人之言，致生疑慮。」◎2後主良久乃曰：「朕不疑卿。卿且回漢中，俟魏國有變，再伐之可也。」姜維嘆息出朝，自投漢中去訖。

卻說黨均回到祁山寨中，報知此事。鄧艾與司馬望曰：「君臣不和，必有內

◆ 現代壁畫劉禪像，河北涿州張飛廟。（Legacy images 提供）

變。」就令黨均入洛陽，報知司馬昭。

昭大喜！便有圖蜀之心。乃問「中護軍」賈充曰：「吾今伐蜀如何？」

充曰：「未可伐也！天子方疑主公，若一旦輕出，內難必作矣！舊年，黃龍兩見於寧陵井中。群臣表賀，以爲祥瑞。天子曰：『非祥瑞也。龍者君象，乃上不在天，下不在田，而在井中。是幽囚之兆也！』遂作潛龍詩一首，詩中之意，明明道著主公。其詩曰：

「傷哉！龍受困，不能躍深淵，上不飛天漢，下不見於田；蟠居於井底，鰍鱔舞其前，藏牙伏爪甲，嗟我亦同然！」◎3

〈評點〉

◎1：張翼之言亦卻有當。（李漁）

◎2：何必言？（李贄）

◎3：漢少帝「飛燕之詩」，興也！賦也！曹髦「黃龍之詩」比也！不謂百回之後，忽有其對。（毛宗崗）

司馬昭聞之，大怒！謂賈充曰：「此人欲效曹芳也。若不早圖，彼必害我。」充曰：「某願爲主公早晚圖之。」時魏甘露五年，夏四月。司馬昭帶劍上殿。髦起迎之。群臣皆奏曰：「大將軍功德巍巍，合爲晉公，加九錫。」髦低頭不答。昭厲聲曰：「吾父子兄弟三人有大功於魏，今爲晉公，得毋不宜耶？」髦乃應曰：「敢不如命？」昭曰：「潛龍之詩，視吾等如鰍鱔，是何禮也？」髦不能答。昭冷笑下殿，眾官凜然。

髦歸後宮，召「侍中」王沈，「尚書」王經，「散騎常侍」王業三人入內計議。髦泣曰：「司馬昭將懷篡逆，人所共知。朕不能坐受廢辱，卿等伺助朕討之！」◎4王經奏曰：「不可。昔魯昭公不忍季氏，敗走失國※1。今重權已歸司馬氏久矣！內外公卿不顧順逆之理，阿附奸賊，非一人也。且陛下宿衛寡弱，無用命之人。陛下若不隱忍，禍莫大焉！且宜緩圖，不可造次。」髦曰：「是可忍也，孰不可忍也！朕意已決，便死何懼！」言訖，即入告太后。

王沈、王業謂王經曰：「事已急矣！我等不可自取滅族之禍。當往司馬公府中出首，以免一死。」經大怒！曰：「主憂臣辱，主辱臣死。敢懷二心乎？」◎5王沈、王業見經不從，逕自往報司馬昭去了。

少頃，魏主曹髦出內，令護衛焦伯聚集殿中宿衛、蒼頭、官僮，三百餘人，鼓譟而出！髦仗劍升輦，叱左右逕出南闕。王經伏於輦前，大哭而諫曰：「今陛下領數百人伐昭，是驅羊而入虎口耳。空死無益！臣非惜命，實見事不可行也。」◎6髦曰：「我軍已行！卿勿阻當。」遂望龍門而來。

只見賈充戎服乘馬，左有成倅，右有成濟，引數千鐵甲禁兵，吶喊殺來！髦仗劍大喝曰：「吾乃天子也！汝等突入宮庭，欲弒君耶？」禁兵見了曹髦，皆不敢動。

〈評點〉

◎4：不能為「勿用之潛龍」，卻欲為「有悔之亢龍」矣！（毛宗崗）

◎5：不肯輕動之人，正是敢死之士。（毛宗崗）

◎6：王經極老成，然曹髦亦自不弱，屈於勢耳。（李贄）

◆曹髦驅車死南闕。曹髦僅領數百人討伐司馬昭，尚書王經苦勸不從，曹髦終於被害。（fotoe提供）

※1：春秋時魯國大夫季孫氏掌握政權，魯君空有虛名。魯昭公心中不服，派兵攻打季孫氏，結果失敗，只得逃亡齊國。

賈充呼成濟曰：「司馬公養你何用？正爲今日之事也！」濟乃綽戟在手，回顧充曰：「當殺耶？當縛耶？」充曰：「司馬公有令！只要死的。」成濟撚戟，直奔輦前，髦大喝曰：「匹夫敢無禮乎？」言未訖，被成濟一戟刺中胸前，撞出輦來。再一戟，刃從背上透出，遂死於輦傍。

焦伯挺槍來迎，被成濟一戟刺死，眾皆逃走！王經隨後趕來，大罵賈充曰：「逆賊！安敢弒君耶？」充大怒，叱左右縛定，報知司馬昭。

昭入內，見髦已死，乃佯作大驚之狀！以頭撞輦而哭。令人報知各大臣，時「太傅」司馬孚入內，見髦屍首，枕其股※2而哭，曰：「弒陛下者，臣之罪也！」遂將髦屍用棺槨盛貯，停於偏殿之西。

昭入殿中，召群臣會議。群臣皆至，獨有「尚書僕射」陳泰不至。昭令泰之舅「尚書」荀顗召之。泰大哭曰：「論者以泰比舅，今舅實不如泰也！」乃披麻帶孝而入，哭拜於靈前。

昭亦佯哭而問曰：「今日之事，何法處之？」泰曰：「獨斬賈充，少可以謝天下耳。」昭沉吟良久，又問曰：「再思其次！」泰曰：「惟有進於此者，不知其次！」昭曰：「成濟大逆不道，可剮之，滅其三族。」濟大罵昭曰：「非我之罪！是賈充傳汝之命！」昭令先割其舌！濟至死，叫屈不絕。弟成倅亦斬於市，盡滅三族。後人有詩嘆曰：

◆三絕碑拓片（局部），河南許昌博物館陳列品。三絕碑即《受禪表》碑和《公卿將軍上尊號奏》碑，位於許昌市西南17公里處的樊城鎮漢獻帝廟內。兩碑均係王朗文、梁鵠書、鍾繇鐫字，謂之三絕，即文表絕、書法絕、鐫刻絕，有較大的史料價值和藝術價值。（fotoe提供）

「司馬當年命賈充，
弒君南闕戰袍紅；
卻將成濟誅三族，
只道軍民盡耳聾。」

昭又使人收王經全家下獄。王經正在廷尉廳下，忽見縛其母至。經叩頭大哭，曰：「不孝子累及慈母矣！」母大笑！曰：「人誰不死，正恐不得死所耳！以此棄命，何恨之有？」◎7次日王經全家皆押赴東市，王經母子含笑受刑。滿城士庶，無不垂淚！後人有詩曰：

「漢初誇伏劍，漢末見王經；

〈評點〉

◎7：王母大賢。（鍾伯敬）

注釋

※2：把死者的頭枕在自己的腿上。這是古代臣下對橫遭殺害的君主表示哀痛盡禮的一種做法。

貞烈心無異，堅剛志更清；節如泰華重，命以羽毛輕。母子聲名在，應同天地傾。」

太傅司馬孚請以王禮葬曹髦，昭許之。賈充等勸司馬昭受魏禪，即天子位。昭曰：「昔文王三分天下有其二，以服事殷。故聖人稱爲至德。魏武帝不肯受禪於漢，猶吾之不肯禪於魏也。」

賈充等聞言，已知司馬昭留意於子司馬炎矣！遂不復勸進。

是年六月，昭立常道鄉公曹璜爲帝，改元景元元年。璜改名曹奐，字景召。乃武帝曹操之孫，燕王曹宇之子也。奐封昭爲「丞相」晉公，賜錢十萬，絹萬疋。其文武多官，各有封賞。

早有細作報入蜀中。姜維聞司馬昭弒了曹髦，立了曹奐。喜曰：「我今日伐魏又有名矣！」遂發書入吳，令起兵問司馬昭弒君之罪。一面奏准後主起兵十五萬，車乘數千輛。皆置板箱於

◆湖北武漢龜山三國城曹奐雕像。（fotoe提供）

上。令廖化、張翼爲先鋒，化取子午谷，翼取駱谷，維自取斜谷，皆要出祁山之前，取齊三路兵並起。殺奔祁山而來！

時鄧艾在祁山寨中訓練人馬，聞報：「蜀兵三路殺到！」乃聚諸將計議。「參軍」王瓘曰：「吾有一計，不可明言。現寫在此，謹呈將軍台覽！」艾接來，展看畢。笑曰：「此計雖妙！只怕瞞不過姜維。」瓘曰：「某願捨命前去！」艾曰：「公志若堅，必能成功。」遂撥五千兵與瓘。

瓘連夜從斜谷迎來，正撞蜀兵前隊哨馬。瓘叫曰：「我是魏國降兵，可報與主帥。」哨軍報知姜維，維令攔住餘兵，只教爲首的將來見。瓘拜伏於地，曰：「某乃王經之侄王瓘也。近見司馬昭弒君，將叔父一門皆戮，某痛恨入骨。今幸將軍興師問罪，故特引本部兵五千來降。願從調遣，剿除奸黨，以報叔父之恨！」

維大喜！謂瓘曰：「汝既誠心來降，我豈不誠心相待？吾軍中所患者，不過糧耳。今有糧車數千，現在川口，汝可運赴祁山。吾只今去取祁山寨也。」瓘心中大

◆戲曲臉譜《壇山谷》之鄧艾。魏安西將軍，勾紅通天十字門臉，譜式簡潔明快。（田有亮繪）

喜，以爲中計。忻然領諾。

姜維曰：「汝去運糧，不必用五千人！但引三千人去，留下二千引路，以打祁山。」瓘恐維疑惑，乃引三千兵去了。

維令傅僉引二千魏兵隨征聽用，忽報：「夏侯霸到。」霸曰：「都督何故聽信王瓘之言也？吾在魏，雖不知備細，未聞王瓘是王經之侄。其中多詐。請將軍察之！」維大笑曰：「我已知王瓘之詐，故分其兵勢，將計就計而行。」

霸曰：「公試言之！」維曰：「司馬昭奸

◆成都武侯祠武將廊姜維塑像，塑於清康熙十一年（1672）。（fotoe提供）

雄比於曹操，既殺王經，滅其三族，安肯存親侄於關外領兵？故知其詐也！◎8仲權之見，與我暗合。」於是姜維不出斜谷，卻令人於路暗伏，以防王瓘奸細。

不旬日，果然伏兵捉得王瓘回報鄧艾下書人來見。維問了情節，搜出私書。書中約於八月二十日從小路運糧送歸大寨，卻教鄧艾遣兵於壜山谷中接應。

維將下書人殺了，卻將書中之意，改作八月十五日，約鄧艾自率大兵於壜山谷中接應。一面令人扮作魏軍，往魏營下書。一面令人將現有糧草數百輛卸了糧米，裝載乾柴茅草引火之物，用青布罩之。令傅僉引二千原降魏兵，執打著「運糧」旗號。◎9維卻與夏侯霸各引一軍去山谷中埋伏，令蔣舒出斜谷，廖化、張翼俱各進兵來取祁山。

卻說鄧艾得了王瓘書信，大喜！急寫回書，令來人回報。至八月十五日，鄧艾引五萬精兵，逕往壜山谷中來，遠遠使人憑高眺望。只見無數糧草，接連不斷，從山凹中而行。艾勒馬望之，果然皆是魏兵。

左右曰：「天已昏暮，可速接應王瓘出谷口。」艾曰：「前面山勢掩映，倘有

〈評點〉

◎8：能料王瓘，只是能料司馬昭耳。（毛宗崗）

◎9：用他瞞他，妙甚妙甚。（鍾伯敬）

伏兵，急難退步！只可在此等候。」正言間，忽兩騎馬驟至！報曰：「王將軍因將糧草過界，背後人馬趕來！望早救應。」◎10艾大驚！急催兵前進。

時值初更，月明如晝。只聽得山後吶喊！艾只知道王瓘在山後廝殺，逕奔過山後時，忽樹林後一彪軍撞出，爲首蜀將傅僉，縱馬大叫曰：「鄧艾匹夫！已中我主將之計，何不早早下馬受死？」

艾大驚！勒回馬便走，車上火盡著。那火便是火號，兩山下蜀兵盡出！殺得魏兵七斷八續，但聞山下山上，只叫：「拏住鄧艾的賞千金，封萬戶侯。」唬得鄧艾棄甲丟盔，撇了坐下馬，雜在步軍之中，爬山越嶺而逃。

姜維、夏侯霸只望馬上爲首的逕來擒捉，不想鄧艾步行走脫，維領得勝兵去接王瓘糧車。

卻說王瓘密約鄧艾，先期將糧草車仗整備定當，耑候舉事。忽有心腹人報：「事已洩漏！鄧將軍大敗！不知性命如何？」瓘大驚，令人哨探，回報：「三路兵圍殺將來！背後又有塵土大起！四下無路。」

瓘叱左右令放火盡燒糧草車輛，一霎時，火光突起！烈焰騰空。◎11瓘大叫曰：「事已急矣！汝等宜死戰！」乃提兵望西殺出，背後姜維三路追趕。

維只道王瓘捨命撞回魏國，不想反殺入漢中而去。瓘因兵少，只恐追兵趕上，遂將棧道并各關隘盡皆燒毀。

姜維恐漢中有失，遂不追趕鄧艾，提兵連夜抄小路來追殺王瓘。瓘被四面蜀兵攻擊，投黑龍江而死。餘兵盡被姜維坑之。

維雖然勝了鄧艾，卻折了許多糧草，又毀了棧道。乃引兵還漢中。

鄧艾引部下敗兵逃回祁山寨內。上表請罪，自貶其職。司馬昭見艾數有大功，不忍貶之，復加厚賜。艾將原賜財物盡分給被害將士之家。昭恐蜀兵又出，遂添兵五萬與艾守禦。

姜維連夜修了棧道，又議出師。正是：

「連修棧道兵連出，不伐中原死不休。」

未知勝負如何，且看下文分解……

〈評點〉

◎10：又扮兩個假魏兵，奇。（李漁）

◎11：當日不殺王瓘，此姜維之失算也。（李漁）

◆姜維棄糧勝魏兵。鄧艾被殺得丟盔棄甲，爬山越嶺，步行逃脫領。（fotoe提供）

第一百十五回　詔班師後主信讒　託屯田姜維避禍

卻說蜀漢景耀五年，冬十月。大將軍姜維差人連夜修了棧道，整頓軍糧兵器，又於漢中水路調撥船隻，俱已完備，上表奏後主曰：「臣累出戰，雖未成大功，已挫動魏人心膽。今養兵日久，不戰則懶，懶則致病。況今軍思效死，將思用命。臣如不勝，當受死罪。」

後主覽表，猶豫未決。譙周出班奏曰：「臣夜觀天文，見西蜀分野將星暗而不明。今大將軍又欲出師，此行甚是不利。陛下可詔止之！」後主曰：「且看此行若何？果然有失，卻當阻之。」譙周再三諫勸不從，乃歸家嘆息不已！遂推病不出。

卻說姜維臨興兵，乃問廖化曰：「吾今出師，誓欲恢復中原。當先取何處？」化曰：「連年征伐，軍民不寧。兼魏有鄧艾，足智多謀，非等閒之輩。將軍必欲行強爲之事，此化所以不敢專也。」

維勃然大怒！曰：「昔丞相六出祁山，亦爲國也。吾今八次伐魏，豈爲一己之私哉？今當先取洮陽。如有逆吾者，必斬！」遂留廖化守漢中，自同諸將提兵三十萬，逕取洮陽而來。

早有川口人報入祁山寨中，時鄧艾正與司馬望談兵，聞知此信，遂令人哨探。回報：「蜀兵盡從洮陽而出！」

司馬望曰：「姜維多計，莫非虛取洮陽，而實來取祁山乎？」鄧艾曰：「今姜維實出洮陽也。」望曰：「公何以知之？」艾曰：「向者姜維屢出吾有糧之地。今洮陽無糧，維必料吾只守祁山，不守洮陽，故逕取洮陽。欲得此城屯糧積草，結連羌人。以圖久計耳！」◎1

望曰：「若此，如之奈何？」艾曰：「可盡撤此處之兵，分為兩路，去救洮陽。離洮陽二十五里，有侯河小城，乃洮陽咽喉之地。公引一軍伏於洮陽，偃旗息鼓，大開四門。如此，如此……而行。吾卻引一軍伏侯河，必獲大勝也！」籌畫已定，各各依計而行。只留偏

〈評點〉

◎1：知彼知己。（李贄）

◆陝西漢中勉縣諸葛武侯墓古戲臺。（張波／fotoe 提供）

將師纂守祁山寨。

卻說姜維令夏侯霸爲前部，先引一軍逕取洮陽。霸提兵前進！將近洮陽，望見城上並無一桿旌旗，四門大開。霸心下疑惑，未敢入城。回顧諸將曰：「莫非詐乎？」

諸將曰：「眼見得是空城，只有些小百姓，聽知大將軍兵到，盡棄城而走了！」霸未信，自縱馬於城南視之，只見城後老小無數，皆望西北而逃！霸大喜！曰：「果空城也！」遂當先殺入！餘眾隨後而進。

方到甕城※1邊，忽然一聲砲響！城上鼓角齊鳴，旌旗遍豎，拽起吊橋。霸大驚曰：「誤中計矣！」慌欲退時，城上矢石如雨，可憐夏侯霸同五百軍皆死於城下。後人有詩嘆曰：

「大膽姜維妙算長，誰知鄧艾暗隄防。

可憐投漢夏侯霸，頃刻城邊箭下亡。」

司馬望從城內殺出！蜀兵大敗而逃。隨後姜維引接應兵到，殺退司馬望，就傍城下寨。維聞夏侯霸射死！嗟傷不已。

◆陝西省漢中市古虎頭橋。位於漢中市文化廣場，是三國時期的重要遺址，始建於西元236年，為三國時馬岱斬魏延處。(fotoe提供)

是夜二更。鄧艾自侯河城內暗引一軍，潛地殺入蜀寨！蜀兵大亂。姜維禁止不住，城上鼓角喧天！司馬望引兵殺出，兩下夾攻，蜀兵大敗。維左衝右突！死戰得脫，退二十餘里下寨。

蜀兵兩番敗走之後，心中搖動。維與諸將曰：「勝敗乃兵家之常。今雖損兵折將，不足爲憂！成敗之事，在此一舉！汝等始終勿改。如有言退者，立斬！」◎2張翼進言曰：「魏兵皆在此處，祁山必然空虛。將軍整兵與鄧艾交鋒，攻打洮陽、侯河。某引一軍取祁山。取了祁山九寨，便驅兵向長安，此爲上計！」維從之，即令張翼引後軍逕取祁山。

維自引兵到侯河搦鄧艾交戰。艾引兵出迎，兩軍對圓。二人交戰數十餘合，不分勝負。各收兵回寨。次日，姜維又引兵挑戰，鄧艾按兵不出。姜維令軍辱罵！

鄧艾尋思曰：「蜀人被吾大殺一陣，全然不退，連日反來搦戰！必分兵去襲祁山寨也。守寨將師纂兵少智寡，必然敗矣！吾當親往救之。」乃喚子鄧忠，分付曰：「汝用心把守此處，任他搦戰，卻弗輕出。吾今夜引兵去祁山救應。」

是夜二更，姜維正在寨中設計，忽聽得寨外喊聲震地！鼓角喧天！人報鄧艾引

〈評點〉

◎2：人心已自動搖，天意不得挽回矣。（李漁）

注釋

※1：圍繞在城門外的小城。

三千精兵夜戰。諸將欲出，維止之曰：「勿得妄動！」原來艾引兵至蜀寨前哨探了一遍，乘勢去救祁山。鄧忠自入城去了。

姜維喚諸將曰：「鄧艾虛作夜戰之勢，必然去救祁山寨矣！」乃喚傅僉，分付曰：「汝守此寨，勿輕與敵！」囑畢。維自引三千兵來助張翼。

卻說張翼正到祁山攻打，守寨將師纂兵少，支持不住，看待破，忽然鄧艾兵至！衝殺了一陣，蜀兵大敗！把張翼隔在山後，絕了歸路。

正慌急之間，忽聽得喊聲大震！鼓角喧天！只見魏兵紛紛倒退，左右報曰：「大將軍姜伯約殺到！」◎3翼乘勢驅兵相應！兩下夾攻，鄧艾折了一陣，急退上祁山寨不出。姜維令兵四面攻圍。

話分兩頭。卻說後主在成都聽信宦官黃皓之言，又溺於酒色，不理朝政。時有大臣劉琰妻胡氏極有顏色。因入宮朝見皇后，后留在宮中，一月放出。琰疑其妻與後主私通，乃喚帳下軍士五百人列於前。將妻綁縛，令每軍以履撻其面數十，幾死復甦。

後主聞之，大怒！令有司議劉琰罪。有司議得：「卒非撻妻之人，面非受刑之地，合當棄市。」遂斬劉琰。自此命婦※2不許入朝。然一時官僚以後主荒淫，多有疑怨者。於是賢人

◆三國舞人陶俑，重慶忠縣三國崖墓出土。（fotoe提供）

漸退，小人日進。

時「右將軍」閻宇身無寸功，只因阿附黃皓，遂得重爵。聞姜維統兵在祁山，乃說皓奏後主曰：「姜維屢戰無功，可命閻宇代之！」後主從其言，◎4遣使齎詔，召回姜維。

維正在祁山攻打寨柵，忽一日三道詔至，宣維班師。維只得遵命。先令洮陽兵退，次後與張翼徐徐而退。鄧艾在寨中，只聽得一夜鼓角喧天，不知何意。至平明，人報：「蜀兵盡退，止留空寨！」艾疑有詐，不敢追襲。

姜維逕到漢中，歇住人馬，自與使命入成都見後主。後主一連十日不朝，維心中疑惑。

是日，至東華門遇見「秘書郎」郤正，維問曰：「天子召維班師，公知其故否？」正笑曰：「大將軍何尚不知？黃皓欲使閻宇立功，奏聞朝廷，發詔取回將軍。今聞鄧艾善能用兵，因此寢※3其事矣！」

維大怒！曰：「我必殺此宦豎！」◎5郤正止之曰：「大將軍繼武侯之事，任

〈評點〉

◎3：姜維之來，又令張翼夢想不到。（李漁）

◎4：阿斗如此不長進，當日子龍錯抱了他也。（李漁）

◎5：此時殺卻黃皓，豈不大快人心。（李漁）

注釋

※2：受過皇帝封號的婦人。

※3：擱下、停止的意思。

大職重，豈可造次？倘若天子不容，反為不美矣！」維謝曰：「先生之言是也！」

次日，後主與黃皓在後園宴飲，維引數人逕入。早有人報知黃皓，皓急避於湖山之側。

維至亭下，拜了後主。泣奏曰：「臣困鄧艾於祁山，陛下連降三詔，召臣回朝。未審聖意為何？」後主默然不語。◎6

維又奏曰：「黃皓奸巧專權，乃靈帝時『十常侍』也，陛下近則鑒於張讓，遠則鑒於趙高※4。早殺此人，朝廷自然清平，中原方可恢復！」後主笑曰：「黃皓乃趨走小臣，縱使專權，亦無能為。昔者董允每切齒恨皓，朕甚怪之！卿何必介意？」

◆詔班師後主信讒。受後主寵信的宦官黃皓哭拜姜維，求他放自己一條生路。（fotoe提供）

維叩頭，奏曰：「陛下今日不殺黃皓，禍不遠也！」後主曰：「『愛之欲其生，惡之欲其死』，卿何不容一宦官耶？」令近侍於湖山之側喚出黃皓，至亭下，命拜姜維伏罪。◎7

皓哭拜維曰：「某早晚趨侍聖上而已，並不干與國政。將軍休聽外人之言，欲殺某也！某命係於將軍，惟將軍憐之。」言罷，叩頭流涕。

維忿忿而出。即往見郤正，備將此事告之。正曰：「將軍禍不遠矣！將軍若危，國家隨滅。」維曰：「先生幸教我以保國安身之策！」

正曰：「隴西有一去處，名曰沓中，此地極其肥壯。將軍何不效武侯屯田之事，奏知天子，前去沓中屯田。一者，得麥熟，以助軍實；二者，可以盡圖隴右諸郡；三者，魏人不敢正視漢中；四者，將軍在外掌握兵權，人不能圖！可以避禍。此乃保國安身之策也！宜早行之。」◎8維大喜！謝曰：「先生金玉之言也！」

次日，姜維表奏後主，求沓中屯田，效武侯之事。後主從之，維遂還漢中，聚諸將曰：「某屢出師，因糧不足，未能成功。今吾提兵八萬，往沓中種麥屯田，徐

〈評點〉

◎6：後主昏懦。（鍾伯敬）

◎7：溺愛不明。（鍾伯敬）

◎8：正大通。（李贄）

注釋

※4：秦朝宦官，秦二世時候的權臣，他蒙蔽二世，後又殺死二世。

圖進取。汝等久戰勞苦，今且斂兵聚穀，退守漢中。魏兵千里運糧，經涉山嶺，自然疲乏，疲乏必退！那時乘虛追襲！無不勝矣！」遂令胡濟屯漢壽城，王含守樂城，蔣斌守漢城，蔣舒、傅僉同守關隘。分撥已畢，維自引兵八萬，來沓中種麥，以為久計。

卻說鄧艾聞姜維在沓中屯田，於路下四十餘營，連絡不絕，如長蛇之勢。艾遂令細作相了地形，畫成圖本，具表申奏。

晉公司馬昭見之，大怒曰：「姜維屢犯中原。不能剿除，是吾心腹之患也！」賈充曰：「姜維深得孔明傳授，急難退之。須得一智勇之將，往刺殺之，可免動兵之勞。」

「從事中郎」荀勗曰：「不然。今蜀主劉禪溺於酒色，信用黃皓，大臣皆有避禍之心。姜維在沓中屯田，正避禍之計也。若令大將伐之，無有不勝，何必用刺客乎？」

昭大笑曰：「此言最善！吾欲伐蜀，誰可為將？」荀勗曰：「鄧艾乃世之良材，更得鍾會為副將，大事成矣！」昭大喜！曰：「此言正合吾意。」乃召鍾會入而問曰：「吾欲令汝為大將，去伐東吳，可乎？」

會曰：「主公之意，本不欲伐吳，實欲伐蜀也！」昭大笑曰：「子誠識吾心也。但卿往伐蜀，當用何策？」會曰：「某料主公欲伐蜀，已畫圖樣在此。」◎9

〈評點〉
◎9：會是有心人。（李贄）

昭展開視之，圖中細載一路安營、下寨，積草、屯糧之處，從何而進，從何而退，一一皆有法度。

昭看了，大喜！曰：「眞良將也！卿與鄧艾合兵取蜀，何如？」會曰：「蜀川道廣，非一路可進！當使鄧艾分兵各進可也！」昭遂拜鍾會爲「鎭西將軍」，假節鉞，都督關中人馬，調遣青、徐、

◆託屯田姜維避禍。姜維在沓中屯田，一方面是遠離成都，防止禍害，另一方面也可以儲備軍糧。（fotoe提供）

兗、豫、荊、揚等處。一面差人持節令，鄧艾爲「征西將軍」，都督關外隴上，使約期伐蜀。

次日，司馬昭於朝外計議此事，「前將軍」鄧敦曰：「姜維屢犯中原，我兵折傷甚多。只今守禦，尚自未保，奈何深入山川危險之地，自取禍亂耶？」昭怒曰：「吾欲興仁義之師，伐無道之主，汝安敢逆吾意？」叱武士推出斬之。須臾，呈鄧敦首級於階下，衆皆失色。

昭曰：「吾自征東以來，歇息六年。治兵繕甲，皆已完備，欲伐吳、蜀久矣！今先定西蜀，乘順流之勢，水陸並進，併吞東吳。此『滅虢取虞』之道也。吾料西蜀將士守成都者八九萬，守邊境者不過四五萬，姜維屯田者不過六七萬。今吾已令鄧艾引關外、隴右之兵十餘萬，絆住姜維於沓中，使不得東顧。遣鍾會引關中精兵二三十萬，直抵駱谷，三路以襲漢中。蜀主劉禪昏暗，邊城外破，士女內震，其亡可必矣！」◎10衆皆拜服。

卻說鍾會受了「鎮西將軍」之印，起兵伐蜀，會恐機謀或洩，卻以伐吳爲名，令青、兗、豫、荊、揚

◆西漢浮雕紋酒樽，漢成帝河平三年（西元前26年）造，1962年山西省右玉縣大川出土，現藏山西省博物館。（fotoe提供）

等五處各造大船。又遣唐咨於登萊等州傍海之處拘集海船。

司馬昭不知其意，遂召鍾會，問之曰：「子從旱路收川，何用造船耶？」會曰：「蜀若聞吾兵大進，必求救於東吳也。故先布聲勢，作伐吳之狀！吳必不敢妄動。一年之內，蜀已破，船已成。而伐吳豈不順乎？」◎11昭大喜，選日出師。

時魏景元四年，秋七月初三日。鍾會出師，司馬昭送之於城外十里方回。「西曹掾」邵悌密謂司馬昭曰：「今主公遣鍾會領十萬兵伐蜀，愚料會志大心高，不可使獨掌大權。」昭笑曰：「吾豈不知之？」悌曰：「主公既知，何不使人同領其職？」昭言無數語，使邵悌疑心頓釋。正是：

「方當士馬驅馳日，早識將軍跋扈心。」

未知其言若何，且看下文分解……

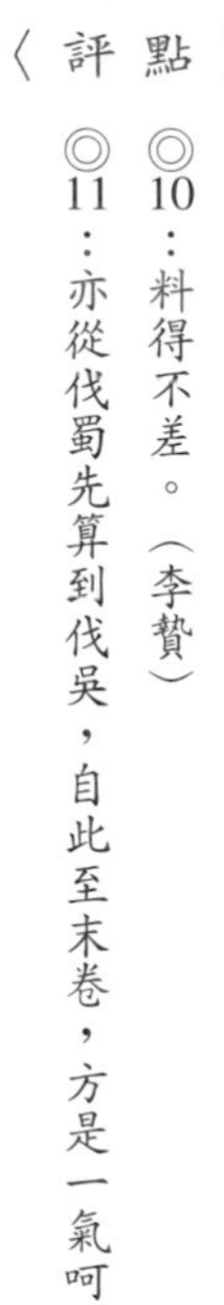

〈評點〉

◎10：料得不差。（李贄）

◎11：亦從伐蜀先算到伐吳，自此至末卷，方是一氣呵成。（毛宗崗）

第一百十六回　鍾會分兵漢中道　武侯顯聖定軍山

卻說司馬昭謂「西曹掾」邵悌曰：「朝臣皆言蜀未可伐，是其心怯。若使強戰，必敗之道也！今鍾會獨建伐蜀之策，是其心不怯。心不怯，則破蜀必矣！蜀既破，則蜀人心膽已裂。『敗軍之將，不可以言勇。亡國之大夫，不可以圖存。』會即有異志，蜀人安能助之乎？至若魏人得勝思歸，必不從會而反，更不足慮耳。此言乃吾與汝知之，切不可泄漏！」邵悌拜服。

卻說鍾會下寨已畢。升帳大集諸將聽令。時有「監軍」衛瓘、「護軍」胡烈、大將田續、龐會、田章、爰彰、丘健，夏侯咸、王買、皇甫闓、句安等八十餘員。

會曰：「必須一大將為先鋒，逢山開路，遇水疊橋。誰敢當之？」一人應聲曰：「某願往！」會視之，乃虎將許褚之子許儀也。◎1眾皆曰：「非此人不可為先鋒！」

會喚許儀曰：「汝乃虎體猿臂※1之將，父子有名。今眾將亦皆保汝！汝可掛先鋒印，領五千馬軍，一千步軍，逕取漢中。分兵三路，汝領中路出斜谷，左軍出

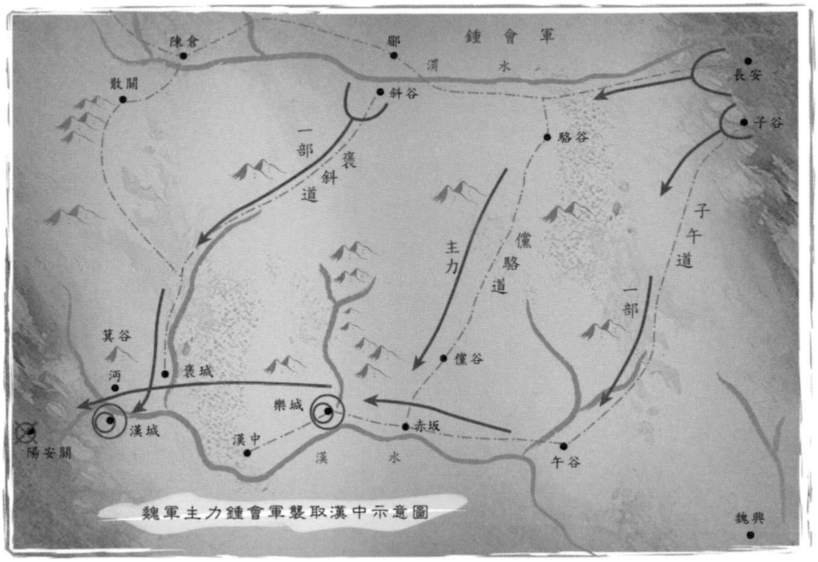

〈評點〉

◎1：「虎癡」之勇已隔數十回，於此一提。（毛宗崗）

◆魏軍主力鍾會軍襲取漢中示意圖。（陳虹伃繪）

駱谷，右軍出子午谷。此皆崎嶇山險之地，當領軍塡平道路，修理橋梁，鑿山破石，勿使阻礙。如違必按軍法！」許儀受命，領兵而進。鍾會隨後提十萬餘眾，星夜起程。

卻說鄧艾在隴西，既受伐蜀之詔，一面令司馬望往遏羌人，又遣「雍州刺史」諸葛緒、「天水太守」王頎、「隴西太守」牽弘、「金城太守」楊欣，各調本部兵前來聽令。

比及軍馬雲集，鄧艾夜作一夢，夢見登高山望漢中，忽於腳

注釋

※1：疑寫作「虎體鵷班」，王實甫《麗春堂》劇上場詩：「虎體鵷班將相家。」可知爲元明小說戲曲常用語。鵷班：也作鵷行、鷺行，指朝會的行列。許褚爲勇將得封侯爵，許儀襲其爵，故有此說。

下迸出一泉，水勢上湧。須臾，驚覺，渾身汗流，遂坐而待旦，乃召護衛邵緩問之。

緩素明周易。艾備言其夢。緩答曰：「易云：『山上有水曰：蹇。蹇卦者，利西南，不利東北。』孔子云：『蹇，利西南，往有功也。不利東北，其道窮也。』將軍此行，必然克蜀。但可惜蹇滯不能還。」◎2

艾聞言，愀然不樂。忽鍾會檄文至，約艾起兵於漢中取齊。艾遂遣雍州刺史諸葛緒引兵一萬五千，先斷姜維歸路。次遣天水太守王頎引兵一萬五千，從左攻沓中。隴西太守牽弘引一萬五千人，從右攻沓水。又遣金城太守楊欣引一萬五千人，於甘松襲姜維之後。艾自引兵三萬往來接應。

卻說鍾會出師之時，有百官送出城外，旌旗蔽日，鎧甲凝霜，人強馬壯，威風凜凜。人皆稱羨，惟有「相國參軍」劉實微笑不語。◎3「太尉」王祥見實冷笑，就馬上握其手而問曰：「鄧、鍾二人此去，可平蜀乎？」實曰：「破蜀必矣！但恐皆不得還都耳。」王祥問其故，劉實但笑而不答。祥遂不復問。

卻說魏兵既發，早有細作入沓中報知姜維。維

◆武漢龜山三國城鍾會塑像。（fotoe 提供）

即具表申奏後主：「請降詔遣『左車騎將軍』張翼領兵守護陽平關，『右車騎將軍』廖化領兵守陰平橋。這二處最爲要緊，若失二處，漢中不保矣！一面當遣使入吳求救。臣一面自起沓中之兵拒敵。」

時後主改景耀五年爲炎興元年。日與宦官黃皓在宮中遊樂。忽接姜維之表，即召黃皓問曰：「今魏國遣鍾會、鄧艾大起人馬，分道而來。如之奈何？」

皓奏曰：「此乃姜維欲立功名，故上此表。陛下寬心，勿生疑慮。臣聞城中有一師婆，供奉一神，能知吉凶。可召來問之！」

後主從其言。於後殿陳設香花紙燭，享祭禮物。令黃皓用小車請入宮中，坐於龍牀之上。◎4後主焚香祝畢，師婆忽然披髮跣足，就殿上跳躍數十遍，盤旋於案上。皓曰：「此神人降矣！陛下可退左右，親禱之。」

後主盡退侍臣，再拜祝之。師婆大叫曰：「吾乃西川土神也！陛下欣樂太平，何爲求問他事？數年之後，魏國疆土亦歸陛下矣！陛下切勿憂慮。」言訖，昏倒於地。半晌方甦。◎5

〈評點〉

◎2：做夢之奇，而圓夢又奇。鄧艾被殺，於此先見矣。（李贄）

◎3：大有深意。（李漁）

◎4：所謂國將亡，聽於神者，此其一證也。（鍾伯敬）

◎5：活畫一師婆身分。（毛宗崗）

後主大喜，重加賞賜。自此深信師婆之說，遂不聽姜維之言。每日只在宮中飲宴歡樂。姜維屢申告急表文，皆被黃皓隱匿。因此誤了大事。◎6

卻說鍾會大軍迤邐望漢中進發，前軍先鋒許儀要立頭功，先領兵至南鄭關。儀謂部將曰：「過此關即漢中矣，關上不多人馬，我等便可奮力搶關。」眾將領命，一齊併力向前！

原來守關蜀將盧遜早知魏兵將到，先於關前木橋左右伏下軍士，裝起武侯所遺十矢連弩。比及許儀兵來搶關時，一聲梆子響處！矢石如雨。儀急退時，早射倒數十騎。魏兵大敗。

儀回報鍾會。會自提帳下甲士百餘騎來看。果然箭弩一齊射下！會撥馬便回。關上盧遜引五百軍殺下來！會拍馬過橋，橋上土塌，陷住馬蹄，險些兒※2掀下馬來。馬掙不起，會棄馬步行。跑下橋時，盧遜趕上，一槍刺來！卻被魏軍中荀愷回身一箭，射盧遜落馬。鍾會麾眾，乘勢搶關。

關上軍士因有蜀兵在關前，不敢放箭，被鍾會殺散！奪了山關，即以荀愷為「護軍」，以全副鞍馬鎧甲賜之。

◆鍾會分兵漢中道。盧遜追趕鍾會，卻被荀愷射倒。（fotoe提供）

會喚許儀至帳下，責之曰：「汝爲先鋒，理合逢山開路，遇水疊橋，專一修理橋梁道路，以便行軍。吾乃纔到橋上，陷住馬蹄，幾乎墮橋。若非荀愷，吾已被殺矣！汝既違軍令，當按軍法！」叱左右推出斬之！

諸將告曰：「其父許褚有功於朝廷。望都督恕之！」會怒曰：「軍法不明，何以令眾？」遂令斬首示眾！諸將無不駭然。

時蜀將王含守樂城，蔣斌守漢中。見魏兵勢大，不敢出戰。只閉門自守。鍾會下令曰：「『兵貴神速』，不可少停！」乃令前軍李輔圍樂城，護軍荀愷圍漢城。自引大軍取陽平關。

守關蜀將傅僉與副將蔣舒商議戰守之策。舒曰：「魏兵甚眾，勢不可當！不如堅守爲上。」僉曰：「不然。魏兵遠來，必然疲困。雖多不足懼！我等若不下關戰時，漢、樂二城休矣！」蔣舒默然不答。

忽報：「魏兵大隊已至關前！」蔣、傅二人至關上視之，鍾會揚鞭大叫曰：「吾今統十萬之眾到此！如早早出降，各依品級陞用。如執迷不降，打破關隘，玉石俱焚！」傅僉大怒！令蔣舒把關。自引三千兵殺下關來！鍾會便走，魏兵盡退。

〈評點〉

◎6：救兵不來，皆黃皓小人誤事。（鍾伯敬）

注釋

※2：也有寫作「爭些子」、「爭些」，差一點、幾乎的意思。

僉乘勢追之！魏兵復合。僉欲退入關時，關上已豎起魏家旗號。只見蔣舒叫曰：「吾已降了魏也！」◎7僉大怒！厲聲罵曰：「忘恩背義之賊！有何面目見天子乎？」撥回馬，復與魏兵接戰。◎8

魏兵四面合來，將傅僉圍在垓心。僉左衝右突，往來死戰，不能得脫！所領蜀兵十傷八九。僉乃仰天長嘆曰：「吾生爲蜀臣，死亦當爲蜀鬼！」乃復拍馬衝殺，身被數槍，血盈袍鎧。坐下馬倒，僉自刎而死。後人有詩嘆曰：

「一日抒忠憤，千秋仰義名。寧爲傅僉死，不爲蔣舒生。」

鍾會得了陽平關。關內所積糧草軍器極多，大喜！遂犒三軍。

是夜，魏兵宿於陽平城中。忽聞西南上喊聲大震！鍾會慌忙出帳視之，絕無動靜。魏軍一夜不敢睡。次夜二更，西南上喊聲又起！鍾會驚疑。向曉，使人探之！回報曰：「遠哨十餘里，並無一人。」

會驚疑不定。乃自引數百騎，俱全裝貫帶，望西南巡哨。前至一山，只見殺氣四面突起！愁雲布合，霧鎖山頭。會勒住馬，問鄉導官曰：「此何山也？」答曰：「此乃定軍山。昔日夏侯淵沒於此處。」

會聞之，悵然不樂，遂勒馬而回。轉過山坡，忽然狂風大作！背後數千騎突出，隨風殺來！◎9會大驚，引眾縱馬而走！諸將墜馬者不計其數。及奔到陽平關時，不曾折一人一騎。只跌損面目，失了頭盔。皆言曰：「但見陰雲中人馬殺來！

比及近身，卻不傷人。只是一陣旋風而已！」

會問降將蔣舒曰：「定軍山有神廟乎？」舒曰：「並無神廟，惟有諸葛武侯之墓。」會驚曰：「此必武侯顯聖也。吾當親往祭之！」

次日，鍾會備祭禮，宰太牢，自到武侯墳前，再拜致祭。祭畢，狂風頓息，愁雲四散。忽然清風習習！細雨紛紛。一陣過後，天色晴朗。魏兵大喜，皆拜謝回營。

是夜，鍾會在帳中伏几而寢，忽然一陣清風過處！只見一人，綸巾羽扇，道衣鶴氅，素履皂絲。面如冠玉，唇若抹硃，眉清目朗，身長八尺。飄飄然有神仙之概！

其人步入帳中，會起身迎之曰：「公何人也？」其人曰：「今早重承見顧※3，吾有片言相告。雖漢祚已衰！天命難違。然兩川生靈橫罹兵革，誠可憐憫。汝入境之後，萬勿妄殺生靈。」言訖！拂袖而去。◎10

會欲挽留之，忽然驚醒，乃是一夢。會知是武侯之靈，不勝驚異。於是傳令：「前軍立一白旗，上書『保國安民』四字，所到之處，如妄殺一人者償命！」

〈評點〉

◎7：只道鍾會使人襲關耳。孰知卻是蔣舒，可發一嘆！（毛宗崗）

◎8：傅僉是人。（李贄）

◎9：令人再猜不著。（李漁）

◎10：如此赫赫之言，生為社稷，死為生靈，先生令後人追想不盡。（李漁）

注釋

※3：承蒙探望。

於是漢中人民，盡皆出城拜迎。會一一撫慰，秋毫無犯。後人有詩讚曰：

「數萬陰兵遶定軍，致令鍾會拜靈神，
生能決策扶劉氏，死尚遺言保蜀民。」

卻說姜維在沓中聽知魏兵大至。傳檄廖化、張翼、董厥提兵接應，一面自分兵列將以待之。忽報：「魏兵至！」維引兵出迎。魏陣中，爲首大將乃「天水太守」王頎也。頎出馬，大呼曰：「吾今大兵百萬，上將千員，分二十路而進，已到成都。汝不思早降，猶欲抗拒，何不知天命耶？」

維大怒，挺槍縱馬，直取王頎。戰不三合，頎大敗而走。姜維驅兵追殺，至二十里，只聽得金鼓齊鳴！一枝兵擺開。旗上大書「隴西太守牽弘」字樣。維笑曰：「此等鼠輩，非吾敵手！」遂催兵追之。

又趕到十里，卻遇鄧艾領兵殺到。兩軍混戰。維抖擻精神，與艾戰十有餘合，不分勝負。後面鑼鼓又鳴！維急退時，後

◆武侯顯聖定軍山。孔明顯聖，告誡鍾會不要妄殺生靈。（fotoe提供）

軍報說：「甘松諸寨盡被金城太守楊欣燒毀了！」

維大驚！急令副將虛立旗號，與鄧艾相拒。維自撤後軍，星夜來救甘松，正遇楊欣。欣不敢交戰，望山路而走。維隨後趕來！

將至山巖下，巖上木石如雨！維不能前進，比及回到半路，蜀兵已被鄧艾殺敗。魏兵大隊而來，將姜維圍住。維引眾騎殺出重圍！奔入大寨，堅守以待救兵。

忽流星馬報到，說：「鍾會打破陽平關。守將蔣舒歸降，傅僉戰死，漢中已屬魏矣！樂城守將王含、漢城守將蔣斌知漢中已失，亦開門而降。胡濟抵敵不住，逃回成都求援去了！」

維大驚！即傳令拔寨。是夜，兵至疆川口。前面一軍擺開，爲首魏將乃是金城太守楊欣。維大怒！縱馬交鋒。只一合，楊欣敗走，維拈弓射之，連射三箭皆不中！維轉怒，自折其弓，挺槍趕來。戰馬前失，將維跌在地上。楊欣撥回馬來殺姜維，維躍起身，一槍刺去，正中楊欣馬腦。◎11背後魏兵驟至，救欣去了。

維騎上戰馬，欲待追時！忽報：「後面鄧艾兵到！」維首尾不能相顧。遂收兵要奪漢中，哨馬報說：「雍州刺史諸葛緒已斷了歸路！」維乃據山險下寨，魏兵屯

〈評點〉

◎11：讀至此，人疑姜維必死，誰知絕處逢生。（李漁）

於陰平橋頭。

維進退無路，長嘆曰：「天喪吾也！」副將寧隨曰：「魏兵雖斷陰平橋，雍州必然兵少。將軍若從孔函谷，逕取雍州，諸葛緒必撤陰平之兵救雍州。將軍卻引兵奔劍閣守之，則漢中可復矣！」維從之，即發兵入孔函谷，詐取雍州。細作報知諸葛緒。緒大驚曰：「雍州是吾合兵之地。倘若疎失，朝廷必然問罪。」急撤大兵從南路去救雍州，只留一枝兵守橋頭。

◆湖北武漢磨山劉備郊天壇。（ccnpic.com 提供）

姜維入北道，約行三十里。料知魏兵起行，乃勒回兵，後隊作前隊，逕到橋頭，果然魏兵大隊已去，只有些小兵把守。被姜維一陣殺散！盡燒其寨柵。諸葛緒聽知橋頭火起，復引兵回。姜維兵已過半日了！因此不敢追趕。

卻說姜維引兵過了橋頭，正行之間，前面一軍來到，乃「左將軍」張翼、「右將軍」廖化也，維問之。翼曰：「黃皓聽信師巫之言，不肯發兵。翼聞漢中已危，自起兵來時，陽平關已被鍾會所取。今聞將軍受困，特來接應！」遂合兵一處。化曰：「今四面受敵，糧道不通！不如退守劍

閣，再作良圖。」維疑慮未決！忽報：「鍾會、鄧艾分兵十餘路殺來！」維欲與翼、化分兵迎之。化曰：「白水地狹路多，非爭戰之所。不如且退，去救劍閣可也。若劍閣一失，是絕路矣！」維從之，遂引兵來投劍閣。

將近關前，忽報鼓角齊鳴，喊聲大起！旌旗遍豎，一枝軍把住關口。◎12正是：

「漢中險峻已無有，劍閣風波又忽生。」

未知何處之兵，且看下文分解……

〈評點〉

◎12：故作驚人之筆，令讀者著急。（毛宗崗）

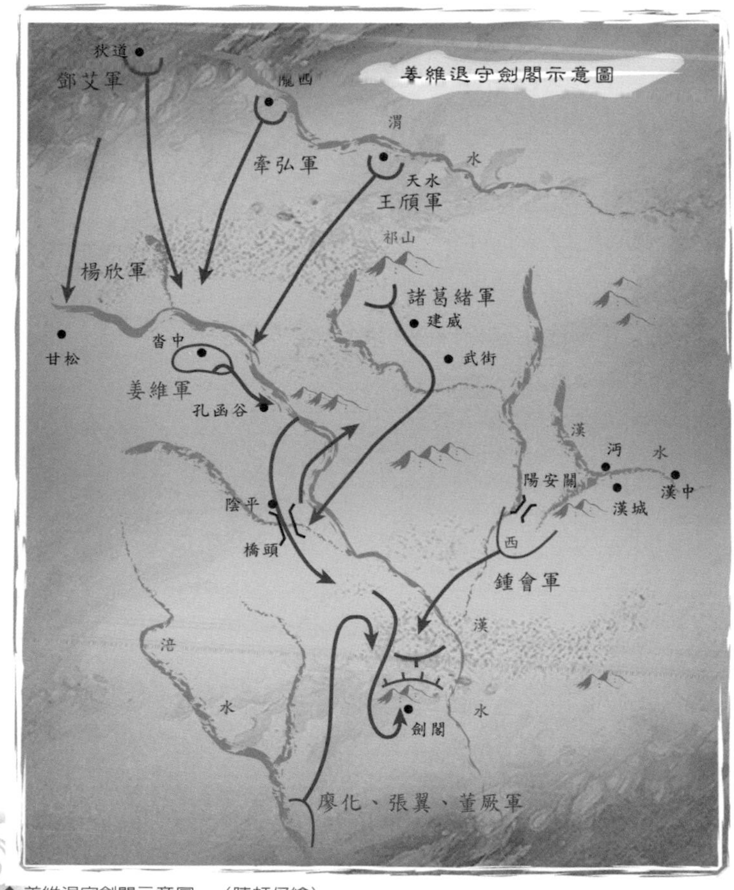

◆ 姜維退守劍閣示意圖。（陳虹伃繪）

第一百十七回　鄧士載偷渡陰平　諸葛瞻戰死綿竹

卻說「輔國將軍」董厥聞魏兵十餘路入境，乃引二萬兵守住劍閣。當日見塵頭大起，疑是魏兵。急引軍把住關口，董厥自臨軍前，視之乃姜維、廖化、張翼也。厥大喜。接入關上。

禮畢。哭訴後主、黃皓之事。維曰：「公勿憂慮！若有維在，必不容魏來呑蜀也。且守劍閣，徐圖退敵之計。」厥曰：「此關雖然可守，爭奈成都無人，倘爲敵人所襲，大勢瓦解矣！」維曰：「成都山險地峻，非可易取。不必憂也！」

正言間，忽報：「諸葛緒領兵殺至關下！」維大怒，急引五千兵，殺下關來，直衝入魏陣中，左衝右突，殺得諸葛緒大敗而走，退數十里下寨。魏軍死者無數，蜀兵搶了許多馬匹器械。維收兵回關。◎1

卻說鍾會離劍閣二十里下寨。諸葛緒自來伏罪，會怒曰：「吾令汝把守陰平橋頭，以斷姜維歸路。如何失了？今又不得吾令，擅自進兵，以致此敗！」緒曰：「維詭計多端，詐取雍州。緒恐雍州有失，引兵去救，維乘機走脫。緒因趕至關下，不想又爲所敗。」

會大怒！叱令斬之！「監軍」衛瓘曰：「緒雖有罪，乃鄧艾征西所督之人，不該將軍殺之，恐傷和氣。」會曰：「吾奉天子明詔，晉公鈞命，特來伐蜀。便是鄧艾有罪，亦當斬之！」眾皆力勸，會乃將諸葛緒用檻車載赴洛陽，任晉公發落。隨將緒所領之兵收在部下調遣。

有人報知鄧艾。艾大怒曰：「吾與汝官品一般。吾久鎮邊疆，於國多勞。汝安敢妄自尊大耶？」子鄧忠勸曰：「『小不忍則亂大謀』，父親若與他不睦，必誤國家大事。望且容忍之！」艾從其言，然畢竟心中懷怒，乃引十數騎來見鍾會。

會聞艾至，便問左右：「艾引多少軍來？」左右答曰：「只有十數騎。」會乃令帳上帳下列武士數百人。艾下馬入見，會接入帳中，禮畢。艾見軍容甚肅，心中不安。乃以言挑之曰：「將軍得了漢中，乃朝廷大幸也！可定策早取劍閣。」◎2會曰：「將軍之明見若何？」艾再三推稱：「無能！」

會固問之。艾答曰：「以愚意度之，可引一軍從陰平小路出漢中德陽亭，用奇

〈評點〉

◎1：此時燈欲滅而復明。（毛宗崗）

◎2：並不提起諸葛緒，亦甚見機。（毛宗崗）

◆鄧艾畫像。鄧艾與鍾會都立了大功，卻都因懷有私意，行事張揚，功成身死。（fotoe提供）

兵逕取成都。姜維必撤兵來救！將軍乘虛就取劍閣，可獲全功。」會大喜！曰：「將軍此計甚妙！可即引兵去。吾在此專候捷音！」二人飲酒相別。

會回本帳，與諸將曰：「人皆可謂鄧艾有能，今日觀之，乃庸才耳！」眾問其故，會曰：「陰平小路皆高山峻嶺。若蜀以百餘人守其險要，斷其歸路，則鄧艾之兵皆餓死矣！吾只以正道而行，何愁蜀地不破乎？」遂置雲梯礮架，只打劍閣關。

卻說鄧艾出轅門上馬，回顧從者曰：「鍾會待吾若何？」從者曰：「觀其辭色，甚不以將軍之言為然，但以口強應而已。」艾笑曰：「彼料我不能取成都，我偏欲取之。」

回到本寨，師纂、鄧忠一班將士接問：「今日與鍾鎮西有何高論？」艾曰：「吾以實心告彼，彼以庸才視

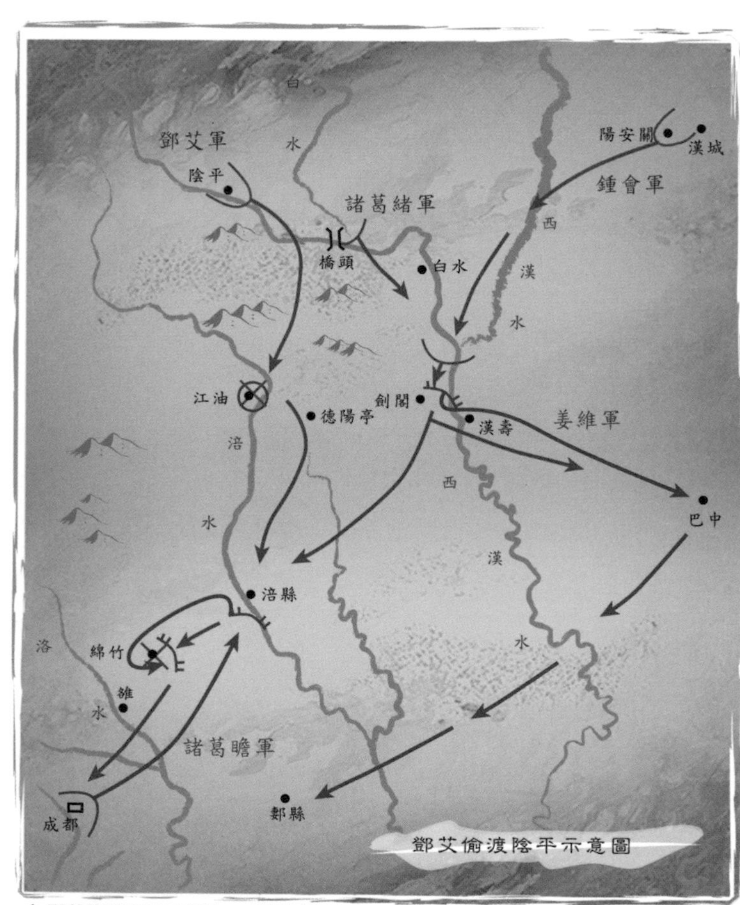

◆ 鄧艾偷渡陰平示意圖。（陳虹伃繪）

我。彼今得漢中，以爲莫大之功，若非吾在沓中絆住姜維，彼安能成功耶？吾今若取了成都，勝取漢中矣！」當夜，下令盡拔寨，望陰平小路進兵，離劍閣七百里下寨。有人報鍾會，說：「鄧艾去取成都了！」會笑艾不智。

卻說鄧艾一面修密書，遣使馳報司馬昭。一面聚諸將於帳下，問曰：「吾今乘虛去取成都，與汝等立功名於不朽。汝等肯從乎？」諸將應曰：「願遵軍令，萬死不辭！」艾乃先令子鄧忠：「引五千精兵，不穿衣甲，各執斧鑿器具。凡遇峻危之處，鑿山開路，搭造橋閣，以便行軍。」◎3

艾選兵三萬，各帶乾糧繩索進發。約行百餘里，選下三千兵，就彼箚寨。又行百餘里，又選三千兵下寨。是年十月自陰平進兵，至於巔崖峻谷之中。凡二十餘日，行七百餘里，皆是無人之地。

魏兵沿途下了數寨，只剩下二千人馬，前至一嶺，名「摩天嶺」，馬不堪行。艾步行上嶺，只見鄧忠與開路壯士盡皆哭泣！艾問其故，忠告曰：「此嶺西背是峻壁巔崖，不能開鑿，虛廢前勞，因此哭泣！」

艾曰：「吾軍到此，已行了七百餘里。過此便是江油，豈可復退？」乃喚諸軍

〈評點〉

◎3：竟似一班匠人，不是軍士。（毛宗崗）

曰：「『不入虎穴，焉得虎子？』吾與汝等來到此地，若得成功，富貴共之。」眾皆應曰：「願從將軍之命！」

艾令先將軍器攛將下去，艾取氈自裹其身，先滾下去。副將有氈衫者裹身滾下，無氈衫者各用繩索束腰，攀木挂樹，魚貫※1而進。◎4鄧艾、鄧忠并二千軍，及開山壯士，皆渡了摩天嶺，方纔整頓衣甲器械而行。忽見道傍有一石碣，上刻「丞相諸葛武侯題」，其文云：「二火初興，有人越此！二士爭衡，不久自死。」

艾觀之大驚，慌忙對碣再拜曰：「武侯眞神人也！艾不能以師事之，惜哉！」後人有詩曰：

「陰平峻嶺與天齊，玄鶴徘徊尚怯飛，
鄧艾裹氈從此下，誰知諸葛有先機※2。」

卻說鄧艾暗渡陰平，引兵行時，又見一個大空寨。左右告曰：「聞武侯在日，曾發二千兵守此險隘。今蜀主劉禪廢之！」◎5艾嗟呀不已，乃謂眾人曰：「吾等有來路而無歸路矣！前江油城中糧食足備，汝等前進可活，後退即死。須併力攻之！」眾皆應曰：「願死戰！」於是鄧艾步行，引二千餘人，星夜倍道，來搶江油城。

卻說江油城守將馬邈聞東川已失，雖有準備，只是隄防大路。又仗著姜維全師守住劍閣關，遂將軍情不以爲重。

當日，操練人馬回家，與妻李氏擁爐飲酒。其妻問曰：「屢聞邊情甚急，將軍全無憂色，何也？」◎6 邈曰：「大事自有姜伯約掌握，干我甚事？」

其妻曰：「雖然如此，將軍所守城池，不爲不重。」邈曰：「天子聽信黃皓，溺於酒色。吾料禍不遠矣！魏兵若到，降之爲上。何必慮哉？」其妻大怒！唾邈面，曰：「汝爲男子，先懷不忠不義之心，枉受國家爵祿。吾有何面目與汝相見？」◎7 馬邈羞慚無語。

忽家人慌入報曰：「魏將鄧艾不知從何而來，引二千餘人，一擁而入城矣！」

〈評點〉

◎4：行險徼倖。（毛宗崗）

◎5：寫武侯在日如此留心，而後主劉禪如此昏暗。（李漁）

◎6：妻子妙人。（鍾伯敬）

◎7：好妻子。（李贄）

◆鄧士載偷渡陰平。這一奇兵，加速了蜀漢的滅亡。（fotoe提供）

注釋

※1：像游魚一樣一條挨著一條地接連著。

※2：先見之明。

江油李氏

◆江油李氏。江油城守將馬邈之妻，馬邈降魏，她自縊身亡。（清・潘畫堂繪／上海書畫出版社提供）

邈大驚！慌出納降。拜伏於公堂下，泣告曰：「某有心歸降久矣！今願招城中居民，及本部人馬，盡降將軍！」艾准其降，遂收江油軍馬於部下調遣，即用馬邈爲鄉導官。

忽報：「馬邈夫人自縊身死！」艾問其故，邈以實告。艾感其賢，令厚禮葬之，親往致祭。魏人聞者，無不嗟嘆。後人有詩讚曰：

「後主昏迷漢祚顛，天差鄧艾取西川。
可憐巴蜀多名將，不及江油李氏賢。」

鄧艾取了江油，遂接陰平小路，諸軍皆到江油取齊，逕來攻涪城，部將田續曰：「我軍涉險而來，甚是勞頓。且當休養數日，然後進兵。」艾大怒！曰：「『兵貴神速。』汝敢亂我軍心耶？」喝令左右推出斬之！眾將苦告，方免。

艾自驅兵至涪城，城內官吏軍民疑從天降，盡皆出降。

蜀人飛報入成都。後主聞知，慌召黃皓問之。皓奏曰：「此詐傳耳。神人必不肯誤陛下也！」◎8後主又宣師婆問，卻不知何處去了！

此時，遠近告急表文一似雪片，往來使者聯絡不絕。後主設朝計議，多官面面相覷，並無一言。

郤正出班奏曰：「事已急矣！陛下可宣武侯之子商議退兵之策。」原來武侯之子諸葛瞻字思遠，其母黃氏，即黃承彥之女也。母貌甚陋，而有奇才。上通天文，下察地理；凡韜略遁甲諸書，無所不曉。武侯在南陽時，聞其賢，求以爲室。武侯之學，夫人多所贊助焉！

及武侯死後，夫人尋※3逝，臨終遺教，惟以「忠孝」勉其子瞻。瞻自幼聰明，尚※4後主女爲「駙馬都尉」，後襲父武鄉侯之爵。景耀四年，遷「行軍護衛將軍」，時爲黃皓用事，故託病不出。

當下，後主從郤正之言，即時連發三詔，召瞻至殿下。後主泣訴曰：「鄧艾兵已屯涪城，成都危矣！卿看先君之面，救朕之命。」◎9瞻亦泣奏曰：「臣父子蒙

〈評點〉

◎8：妙語。（李贄）

◎9：「朕」字兩頭著「救命」二字，與獻帝一般狼狽。（毛宗崗）

◆黃氏，名碩，黃承彥之女，諸葛亮之妻，貌醜，而有奇才。（葉雄繪）

注釋

※3：隨即、不久。

※4：封建官僚或其子弟得與帝王之女婚配，不敢叫「娶」，叫做「尚」。有「高配」的意思。

先帝厚恩，陛下殊遇。雖肝腦塗地，不能補報。願陛下盡發成都之兵，與臣領去，決一死戰！」

後主即撥成都兵將七萬與瞻。瞻辭了後主，整頓軍馬，聚集諸將。問曰：「誰敢爲先鋒？」言未訖，一少年將出曰：「父親既掌大權，兒願爲先鋒。」眾視之，乃瞻長子諸葛尚也。尚時年一十九歲，博覽兵書，多習武藝。◎10瞻大喜！遂命尚爲先鋒。

是日，大軍離了成都來迎魏兵。卻說鄧艾得馬邈獻地理圖一本，備寫涪城至成都一百六十里山川道路，關隘險峻，一一分明。

艾看畢，大驚曰：「吾只守涪城，倘被蜀人據住前山，何能成功耶？如遷延日久，姜維兵到，我軍危矣！」◎11速喚師纂并子鄧忠，分付曰：「汝等可引一軍，星夜逕取綿竹，以拒蜀兵。吾隨後便至，切不可怠緩。若縱他先據了險要，決斬汝首！」

師、鄧二人引兵將至綿竹，早遇蜀兵，兩軍各布成陣。師、鄧二人勒馬於門旗下，只見蜀兵列成「八陣」，三鼕※5鼓罷，門旗兩分，數十員將簇擁一輛四輪車，車上端坐一人，綸巾羽扇，鶴氅方裾。車傍展開一面黃旗，上書「漢丞相諸葛武侯」。唬得師、鄧二人汗流遍身，回顧軍士曰：「原來孔明尚在！吾等休矣！」

◆諸葛瞻（227～263），字思遠，琅琊陽都（今山東沂南）人，諸葛亮之子，工書畫。綿竹戰敗，自刎殉國。（葉雄繪）

急勒兵回時，蜀兵掩殺將來，魏兵大敗而走！

蜀兵掩殺二十餘里，遇見鄧艾援兵接應，兩家各自收兵。

艾升帳而坐，喚師纂、鄧忠，責之曰：「汝二人不戰而退，何也？」忠曰：「但見蜀陣中諸葛孔明領兵，因此奔還！」艾怒曰：「縱使孔明更生，我何懼哉？汝等輕退，以至於敗，宜速斬以正軍法！」

眾皆苦勸，艾方息怒，令人哨探，回說：「孔明之子諸葛瞻爲大將，瞻之子諸葛尚爲先鋒！車上坐者，乃木刻孔明遺像也。」

諸葛尚

◆諸葛尚（244～263），諸葛瞻之子，諸葛亮之孫。與父諸葛瞻同戰死於四川綿竹。（清・潘畫堂繪／上海書畫出版社提供）

〈評點〉

◎10：又寫武侯之孫。（李漁）

◎11：鍾會之笑鄧艾正爲此耳。（毛宗崗）

注釋

※5：擬聲詞，形容敲鼓的聲音。

◆河南南陽武侯祠大殿暖閣中的諸葛亮塑像。羽扇綸巾，身披鶴氅，端坐凝思，展現了包藏萬機的「韜略宗師」風姿。亮子諸葛瞻、孫諸葛尚配享左右。（fotoe提供）

艾聞之，謂師纂、鄧忠曰：「成敗之機，在此一舉。汝二人再不取勝，必當斬首！」師、鄧二人又引一萬兵來戰。諸葛尚匹馬單槍，抖擻精神，戰退二人。諸葛瞻指揮兩掖兵衝出！直撞入魏陣中。左衝右突，往來殺有數十番。魏兵大敗，死者不計其數。師纂、鄧忠中傷而逃！瞻驅軍馬隨後掩殺二十餘里！劄營相拒。◎12

師纂、鄧忠回見鄧艾，艾見二人俱傷，未便加責。乃與眾將商議曰：「蜀有諸葛瞻，善繼父志。兩番殺吾萬餘人馬！今若不速破，後必為禍。」

監軍丘本曰：「何不作一書以誘之？」艾從其言。遂作書一封，遣使送入蜀寨。守門將引至帳下，呈上其書。瞻拆封，視之！書曰：

「征西將軍鄧艾致書於行軍護衛將軍諸葛思遠麾下：切觀近代賢才，未有如公之尊父也。昔自出茅廬，一言已分三國，掃平荊、益，遂成霸業。古今鮮有及者。後六出祁山，非其智力不足，乃天數耳。今後主昏弱，王氣已終。艾奉天子之命，以重兵伐蜀。已皆得其地矣！成都危在旦夕，公何不應天順人，仗義來歸？艾當表公為瑯琊王，以光耀祖宗，決不虛言。幸存照鑒！」

瞻看畢，勃然大怒！扯碎其書，叱武士立斬來使！令從者持首級回魏營見鄧艾。

艾大怒！即欲出戰，丘本諫曰：「將軍不可輕出，當用奇兵勝之。」艾從其言，遂令天水太守王頎、隴西太守牽弘伏兩軍於後。艾自引兵而來！

此時諸葛瞻正欲搦戰，忽報：「鄧艾自引兵到！」瞻大怒，即引兵出，逕殺入魏陣中。鄧艾敗走。瞻隨後掩殺將來！忽然兩下伏兵殺出，蜀兵大敗，退入綿竹。艾令圍之，於是魏兵一齊吶喊！將綿竹圍的鐵桶相似。

〈評點〉

◎12：第一番勝，是武侯餘威。第二番勝，是瞻、尚本事。前是寫武侯，此是寫瞻、尚。（毛宗崗）

百貨寶圖原敘
百貨寶圖乃錄秘集之丁冊漢時軍師諸葛道號臥龍先生推之之書輔佐劉主胸藏玄機之妙術愛民如子特撰寶圖之妙訣包藏天機隱匿玄妙育始民未來而先知之也特顯普功勛於後世之意悲憫黎民不識務富貴者少貧賤者多饑寒困苦生活無計惟士農商賈均皆受困厄也有士子胸藏飽學經天緯地之才科甲無緣難登金榜之名致於困苦之難也有農夫時常勤儉朝夕勞力何曾飽食煖衣那見倉庫箱盈殊知天地歲月皆晴雨之乾旱谷米雜糧亦有豐歉之盈虧不覺防備使貴倉虛多遭饑饉之危也又見經商營求貿易披代月走天涯有分之本而得萬金之

◆諸葛亮著《百貨寶圖》。（Legacy images 提供）

◆四川成都武侯祠塑像「魂壯綿竹關」，表現諸葛瞻父子不惜以身殉國的英雄氣概。（Legacy images 提供）

諸葛瞻在城中，見事勢已迫。乃令彭和賫書殺出，往東吳求救。

和至東吳。見了吳主孫休，呈上告急之書。吳主看罷，與群臣計議曰：「既蜀中危急，孤豈可坐視不救？」即令老將丁奉爲主帥，丁封、孫異爲副將。率兵五萬前往救蜀。丁奉領旨出師，分撥丁封、孫異引兵二萬，向沔中而進。自率兵三萬，向壽春而進，分兵三路而援。

卻說諸葛瞻見救兵不至，謂眾將曰：「久守非良圖！」遂留子尚與「尚書」張遵守城。瞻自披挂上馬，引三軍大開三門殺出！鄧艾見兵出，便撤兵退。瞻奮力追殺，忽然一聲礮響！四面兵合，把瞻困在垓心。瞻引兵左衝右突，殺死數百人。艾令眾軍放箭射之！蜀兵四散。瞻中箭落馬，乃大呼曰：「吾力竭矣！當以一死報國！」遂拔劍

自刎而死。◎13

其子諸葛尚在城上，見父死於軍中，勃然大怒！遂披挂上馬。張遵諫曰：「小將軍勿得輕出！」尚嘆曰：「吾父子、祖孫，荷國厚恩。今父既死於敵，我何用生爲？」遂策馬殺出！死於陣中。◎14後人有詩讚瞻、尚父子曰：

「不是忠臣獨少謀，蒼天有意絕炎劉；
當年諸葛留嘉胤※6，節義眞堪繼武侯。」

鄧艾憐其忠，將父子合葬。乘虛攻打綿竹。張遵、黃崇、李球三人各引一軍殺出！蜀兵寡，魏兵眾。三人亦皆戰死！艾因此得了綿竹。勞軍已畢，遂來取成都。正是：

「試觀後主臨危日，無異劉璋受偪時。」

未知成都如何守禦，且看下文分解……

〈評點〉

◎13：此寫瞻之死忠。（毛宗崗）

◎14：忠臣，孝子，慈孫。（鍾伯敬）

◆諸葛瞻戰死綿竹。諸葛瞻中箭落馬，自刎而亡。（fotoe提供）

注釋

※6：美好的時代。胤：後代。

第一百十八回　哭祖廟一王死孝　入西川二士爭功

卻說後主在成都聞：「鄧艾取了綿竹，諸葛瞻父子已亡。」大驚！急召文武商議，近臣奏曰：「城外百姓扶老攜幼，哭聲大震！各逃生命。」後主驚惶無措。忽哨馬報到，說：「魏兵將近城下！」多官議曰：「兵微將寡，難以迎敵。不如早棄成都，奔南中七郡。其地險峻，可以自守。就借蠻兵，再來克復未遲！」「光祿大夫」譙周曰：「不可！南蠻久反之人。平昔無惠，今若投之，必遭大禍。」多官又奏曰：「蜀、吳既同盟，今事急矣！可以投之。」周又諫曰：「自古以來，無寄他國爲天子者。臣料魏能呑吳，吳不能呑魏。若稱臣於吳，是一辱也！若吳被魏所呑，陛下再稱臣於魏，是兩番之辱矣！不如不投吳而降魏。魏必裂土以封陛下，則上能自守宗廟，下可以保安黎民。願陛下思之！」◎1後主未決，退入宮中。

次日，眾議紛然，譙周見事急，復上疏諍之。後主從譙周之言，正欲出降！忽屛風後轉出一人，厲聲而罵周曰：「偷生腐儒！豈可妄議社稷大事？自古安有降天子哉？」◎2後主視之，乃第五子北地王劉諶也。後主生七子，長子劉璿，次子劉瑤，三子劉琮，四子劉瓚，五子即北地王劉諶，六子劉恂，七子劉璩。七子中，惟諶自幼聰明，英敏過人。餘皆懦善。

後主謂諶曰：「今大臣皆議當降。汝獨仗血氣之勇，欲令滿城流血耶？」諶曰：「昔先帝在日，譙周未嘗干預國政。今妄議大事，輒起亂言，甚非理也！臣切料成都之兵尚有數萬；姜維全師皆在劍閣。若知魏兵犯闕，必來救應。內外攻擊，可獲大功。豈可聽腐儒之言，輕廢先帝之基業乎？」◎3

後主叱之曰：「汝小兒，豈識天時？」諶叩頭，哭曰：「若勢窮力竭，禍敗將及。便當父子君臣背城一戰，同死社稷，以見先帝可也。奈何降乎？」後主不聽！諶放聲大哭曰：「先帝非容易創立基業。今一旦棄之，吾寧死不辱也！」◎4後主令近臣推出宮門，遂令譙周作降書，遣「私署侍中」張紹、「駙馬都尉」鄧良同譙周賫玉璽，來雒城請降。

時鄧艾每日令數百鐵騎來成都哨探。當日見立了降旗，艾大喜！不一時，張紹

〈評點〉

◎1：譙周前勸劉璋出降，今又勸後主出降。是勸降慣家！（毛宗崗）

◎2：好兒子。（李贄）

◎3：即行不去，亦是可人。（鍾伯敬）

◎4：有此令孫，玄德公公死亦瞑目。（鍾伯敬）

◆劉諶（？～263），劉備之孫，劉禪之子，被封為北地王，堅決反對劉禪投降魏國，蜀國滅亡時自殺。（fotoe提供）

等至。艾令人迎入。

三人拜伏於階下，呈上降款、玉璽。◎5艾拆降書視之，大喜！受下玉璽，重待張紹、譙周、鄧良等。艾作回書，付三人賚回成都，以安人心。

三人拜辭鄧艾，逕還成都。入見後主，呈上回書，細言鄧艾相待之善！後主拆封視之，大喜！即遣「太僕」蔣顯賚敕令姜維早降。遣「尚書郎」李虎送文簿與艾，共戶二十八萬，男女九十四萬，帶甲將士十萬二千，◎6官吏四萬，倉糧四十餘萬，◎7金銀三千斤，綿綺絲絹各二十萬疋。餘物在庫，不及具數。◎8擇十二月初一日，君臣出降。

北地王劉諶聞知，怒氣沖天！乃帶劍入宮，其妻崔夫人問曰：「大王今日顏色異常，何也？」諶曰：「魏兵將近！父皇已納降款，明日君臣出降。社稷從此殄滅！吾欲先死，以見先帝於地下，不屈膝於他人也！」

崔夫人曰：「賢哉！賢哉！得其死矣！妾請先死，王死未遲。」諶曰：「汝何死耶？」崔夫人曰：「王死

◆ 重慶奉節縣白帝城白帝廟劉備託孤瓷磚畫。當年託孤之際，劉備萬萬不會想到自己得來的江山後來如此輕易地被劉禪拱手讓人。（fotoe提供）

父，妾死夫，其義同也。夫亡妻死，何必問焉？」言訖，觸柱而死。

諶乃自殺其三子，并割妻頭，提至昭烈廟中，伏地哭曰：「臣羞見基業棄於他人，故先殺妻子，以絕罣念。後將一命報祖，祖如有靈，知孫之心！」大哭一場，眼中流血，自刎而死。◎9

◆哭祖廟一王死孝。劉諶提著妻、子的頭到祖廟中告奠，其後亦自刎而亡。（fotoe提供）

蜀人聞知，無不哀痛。後人有詩讚曰：

「君臣甘屈膝，一子獨悲傷！去矣西川事，雄哉北地王！

〈評點〉

◎5：憑他什麼樣祖父，少不得有這等子孫，什麼要緊，什麼要緊，不如幹些本分事好。（李贄）

◎6：有此何以不戰？（毛宗崗）

◎7：有此何以不守？（毛宗崗）

◎8：有此何不以賞戰士？（毛宗崗）

◎9：後主有此子，而又有佳婦。臨死時有此凜凜烈烈之言，今於百世後人爲之一嘆。（李漁）

殞身酬烈祖，搔首泣穹蒼；凜凜人如在，誰云漢已亡？」

後主聽北地王自刎，乃令人葬之。

次日，魏兵大至。後主率太子、諸王及群臣六十餘人，面縛輿櫬※1，出北門十里而降。鄧艾扶起後主，親解其縛，焚其輿櫬，並車入城。後人有詩嘆曰：

「魏兵數萬入川來，後主偷生失自裁。黃皓終存欺國意，姜維空負濟時才。
全忠義士心何烈？守節王孫志可哀。昭烈經營良不易，一朝功業頓成灰。」

於是成都之人，皆具香花迎接。艾拜後主爲「驃騎將軍」，其餘文武各隨高下拜官。請後主還宮，出榜安民，交割倉庫。又令「太常」張峻，「益州別駕」張紹招安各郡軍民。又令人說姜維歸降，一面遣人赴洛陽報捷。

艾聞黃皓奸險，欲斬之。皓用金寶賂其左右，因此得免。◎10自是漢亡，有追思武侯詩曰：

「猿鳥猶知畏簡書，風雲應爲護儲胥※2。
徒勞上將揮神筆，終見降王走傳車※3。
管、樂有才眞不忝※4，關、張無命欲何如？
他年錦里經祠廟，梁父吟成恨有餘！」

且說「太僕」蔣顯到劍閣，入見姜維，傳後主敕命言歸降之事，維大驚失語。帳下眾將聽知，一齊怨恨，咬牙怒目！鬚髮倒豎！拔刀砍石，大呼曰：「吾等死

◆現代壁畫《劉關張祭天地》，河北涿州張飛廟。（Legacy images 提供）

戰！何故先降耶？」號哭之聲，聞數十里。◎11

維見人心思漢，乃以善言撫之曰：「眾將勿憂！吾有一計，可復漢室。」眾皆求問，姜維與諸將附耳低言，說了計策。即於劍閣關遍豎降旗，先令人報入鍾會寨中，說姜維引張翼、廖化、董厥前來降。會大喜！令人迎接維入帳，會曰：「伯約來何遲也？」維正色流涕曰：「國家全師在吾，今日至此，猶為速也。」會甚奇之。下座相拜，待為上賓。

維說會曰：「聞將軍自淮南以來，算無遺策；司馬氏之盛，皆將軍之力。維故

〈評點〉

◎10：黃皓之愛金珠，原來爲此。（毛宗崗）

◎11：蜀中有如此之將，如此之兵，而天子甘心面縛，可發一嘆。（李漁）

注釋

※1：古代君主戰敗投降的儀式。面縛：雙手捆在身後，面朝著勝利者。輿櫬：車上載著棺材，這是表示放棄抵抗，自請受刑。

※2：木柵之類，作守衛拒障之用。

※3：古代驛站的專用車輛。

※4：不愧。此句的「管樂」指管仲、樂毅。

甘心俯首。如鄧士載，當與決一死戰！安肯降之乎？」◎12會遂折箭為誓，與維結為兄弟。情愛甚密，仍令照舊領兵。維暗喜，遂令蔣顯回成都去了。

卻說鄧艾封師纂為「益州刺史」，牽弘、王頎等各領州郡。又於綿竹築臺以彰戰功，大會蜀中諸官飲宴。艾酒至半酣，乃指眾官曰：「汝等幸遇我，故有今日耳。若遇他將，必皆殄滅矣！」多官起身拜謝。

忽蔣顯至，說：「姜維自降鍾鎮西了。」艾因此痛恨鍾會，遂修書令人賫赴洛陽，致晉公司馬昭。昭得書視之，書曰：

「臣艾竊謂兵有先聲而後實者。今因平蜀之勢以乘吳※5，此席捲之時也。然大舉之後，將士疲勞，不可便用。宜留隴右兵二萬，蜀兵二萬，煮鹽興冶，並造舟船，預備順流之計。然後發使，告以利害，吳可不征而定也。今宜厚待劉禪，以致※6孫休。若便送禪來京，吳人必疑，則於向化之心不勸※7。且權留之於蜀，須來年冬月抵京。今可即封禪為扶風王。賜以貲財，供其左右，爵其子為公卿，以顯歸命之寵。則吳人畏威懷德，望風而從矣！」◎13

司馬昭覽畢，深疑鄧艾有自專之心。乃先發手書與衛瓘，隨後降封艾。詔曰：

「征西將軍鄧艾耀威奮武，深入敵境；使僭號之主係頸歸降。兵不踰時，戰不終日；雲撤席捲，蕩定巴蜀。雖白起破強楚，韓信克勁趙，不足比勳也。其以艾為『太尉』，增邑二萬户，封二子為『亭侯』。各食邑千户。」◎14

鄧艾受詔畢。監軍衛瓘取出司馬昭手書與艾。書中說：「鄧艾所言之事，須候奏報，不可輒行。」

艾曰：「『將在外，君命有所不受。』吾既奉詔專征，如何阻當？」遂又作書令來使賫赴洛陽，時朝中皆言鄧艾必有反意，司馬昭愈加疑忌。忽使命回，呈上鄧艾之書。昭拆封視之，書曰：

「艾銜命西征。元惡既服，當權宜行事，以安初附。若待國命，則往復道途，延引日月。春秋之義：『大夫出疆，有可以安社稷，利國家，專之可也。』今吳未賓，勢與蜀連。不可拘常以失事機。兵法：『進不求名，退不避罪。』艾雖無古人之節，終不自嫌，以損於國也。先此申狀，見可施行。」

司馬昭看畢，大驚慌；與賈充計議曰：「鄧艾恃功而驕，任意行事。反形露矣！如之奈何？」賈充曰：「主公何不封鍾會以制之？」昭從其議，遣使賫詔，封會為「司徒」。就令衛瓘監督兩路軍馬，以手書付瓘，使與會伺察鄧艾，以防其變。會接讀詔書，詔曰：

〈評點〉

◎12：是有沉識者。（李贄）

◎13：鄧艾眞心幹事，而鍾會忌之於外，司馬昭忌之於內。且昭復忌會也。噫！可恨矣，英雄之心，安得不灰也哉？（李贄）

◎14：便是不欲艾專制之意。（李漁）

注釋

※5：滅吳。乘：追逐。

※6：用以招致。

※7：對（吳人）想要接受王化的心理不是一種勉勵。勸：提倡、勉勵。

「鎮西將軍鍾會所向無敵，前無強梁；節制※8眾城，網羅迸逸※9。蜀之豪帥，面縛歸命；謀無遺策，舉無廢功。其以會爲『司徒』，進封『縣侯』，增邑萬户。封子二人『亭侯』，邑各千户……」

鍾會既受封，即請姜維計議。曰：「鄧艾功在吾之上，又封『太尉』之職。今司馬公疑艾有反志，故令衛瓘爲監軍，詔吾制之。伯約有何高見？」

維曰：「愚聞鄧艾出身微賤，幼爲農家養犢。今僥倖自陰平斜徑攀木懸崖，成此大功。非出良謀，實賴國家洪福耳。若非將軍與維相拒於劍閣，又安能成此功耶？今欲封蜀主爲扶風王，乃大結蜀人之心，其反情不言可見矣！晉公疑之是也。」◎15會深嘉其言。

姜維又曰：「請退左右，維有一事密告。」會令左右盡退。維袖中取出一圖，與會曰：「昔日武侯出草廬時，以此圖獻先帝。且曰：『益州之地，沃野千里，民殷國富，可爲霸業。』先帝因此遂創成都。今鄧艾至此，安得不狂？」

會大喜，指問山川形勢，維一一言之。會又問曰：「當以何策除艾？」維曰：「乘晉公疑忌之際，當急上表，言艾反狀。晉公必令將軍討之，一舉而可

◆入西川二士爭功。鍾會受封為司徒後，和姜維密謀擒拿鄧艾之事。（fotoe 提供）

擒矣！」會依言，即遣人賫表進赴洛陽，言鄧艾專權恣肆※10，結好蜀人。早晚必反矣！於是朝中文武皆驚。

會又令人於中途截了鄧艾表文，按艾筆法，改寫傲慢之辭，以實※11己之語。司馬昭見了鄧艾表章，大怒！即遣人到鍾會軍前，令會收艾。又遣賈充引三萬兵入斜谷，昭乃同魏主曹奐御駕親征。

「西曹掾」邵悌諫曰：「鍾會之兵多鄧艾六倍。當令會收艾足矣！何必明公自行耶？」昭笑曰：「汝忘了舊日之言耶？汝曾道會後必反！吾今此行，非爲艾，實爲會耳。」悌笑曰：「某恐明公忘之，故以相問。今既有此意，切宜秘之！不可泄漏。」◎16昭然其言。遂提大兵起程。

時賈充亦疑鍾會有變，密告司馬昭。昭曰：「如遣汝，吾亦疑汝耶？且到長安，自有明白。」

早有細作報知鍾會，說昭已至長安，會慌請姜維商議收艾之策。正是：

「纔見西蜀收降將，又見長安動大兵。」

未知姜維用何策收艾，且看下文分解……

〈評點〉

◎15：伯約的是妙人，字字搔著鍾老癢處。（鍾伯敬）

◎16：一般都是有心人，寫來眞是好看。（毛宗崗）

注釋

※8：指揮管轄，這裏有「攻克」的意思。

※9：失散的人才。逬：奔散、走散。逸：隱逸之士。

※10：恣意放肆，指任意胡作非爲。

※11：這裏是「證實」的意思。

第一百十九回　假投降巧計成虛話　再受禪依樣畫葫蘆

卻說鍾會請姜維計議收鄧艾之策，維曰：「可先令『監軍』衛瓘收艾。艾欲殺瓘，反情實矣！將軍卻起兵討之，可也。」◎1會大喜，遂令衛瓘引數十人入成都，收鄧艾父子。

瓘部卒止之曰：「此是鍾司徒令鄧征西殺將軍，以正反情也。切不可行！」瓘曰：「吾自有計！」遂先發檄文二三十道。其檄曰：「奉詔收艾，其餘各無所問。若早歸來，即加爵賞。敢有不出者，滅三族！」隨備檻車兩乘，星夜望成都而來。

比及雞鳴，艾部將見檄文者，皆來投拜於衛瓘馬前，時鄧艾在府中未起。瓘引數十人突入，大呼曰：「奉詔收鄧艾父子！」艾大驚！滾下牀來。瓘叱武士縛於車上，其子鄧忠出問，亦被捉下，縛於車上。府中將吏大驚！欲待動手搶奪，早望見塵頭大起，哨馬報說：「鍾司徒大兵到了！」眾各四散奔走！

鍾會與姜維下馬入府，見鄧艾父子已被縛。會以鞭撻鄧艾之首，而

◆成都市錦里民俗休閒街，復活三國「舊時光」。（魏德智／fotoe 提供）

罵曰：「養犢小兒！何敢如此？」姜維亦罵曰：「匹夫行險徼倖※1，亦有今日耶？」艾亦大罵！◎2

會將艾父子送赴洛陽。會入成都，盡得鄧艾軍馬，威聲大震，乃謂姜維曰：「吾今日方趁平生之願矣！」

維曰：「昔韓信不聽蒯通之說，而有未央宮之禍※2；大夫種不從范蠡於五湖，卒伏劍而死※3。斯二子者，其功名豈不赫然哉？徒以利害未明，而見機※4之不早也。今公大勳已就，威震其主。何不泛舟絕迹，登峨嵋之嶺，而從赤松子遊※5乎？」

會笑曰：「君言差矣！吾年未四旬，方思進取。豈能便效此退閒之事？」維曰：「若不退閒，當早圖良策。此則明公智力所能，無煩老夫之言矣！」會撫掌大笑！曰：「伯約知吾心也。」二人自此每日商議大事。

維密與後主書，曰：「望陛下忍數日之辱。維將使社稷危而復安，日月幽而復明。必不使漢室終滅也。」◎3

卻說鍾會正與姜維謀反，忽報：「司馬昭有書到！」會接書。書中言：「吾恐

〈評點〉

◎1：姜維忌艾，亦忌瓘。若使艾殺瓘，是為維先去一忌也。（毛宗崗）

◎2：一吃口怎敵得兩便口？（毛宗崗）

◎3：大丈夫。（李贄）

注釋

※1：同「僥倖」。由於偶然的原因得到成功或免去不幸的事情。

※2：韓信掌握兵權時候，蒯通曾勸他起兵自立，背叛劉邦，韓信不聽。後來劉邦用計把他逮住，劉邦的妻子呂后又把他騙到未央宮殺了。

※3：大夫種：即文種。他和范蠡同是越王勾踐的謀臣，勾踐滅掉吳國後，范蠡看到了勾踐不可與同樂，便悄然離去，他不聽范蠡的勸告，留了下來，後來果然被迫自殺。

※4：見機，對事態發展的預見。

※5：逍遙世外，當隱士。赤松子：傳說中的仙人。

◆四川成都武侯祠裡的三義廟拜殿。（劉兆明／fotoe 提供）

司徒收艾不下，自屯兵於長安。相見在近，以此先報。」會大驚！曰：「吾兵多艾數倍。若但要我擒艾，晉公知吾獨能辦之。今日自引兵來，是疑我也。」遂與姜維計議。

維曰：「君疑臣必死。豈不見鄧艾乎？」會曰：「吾意決矣！事成則得天下，不成則退西蜀，亦不失作劉備也。」

維曰：「近聞郭太后新亡。可詐稱：『太后有遺詔，教討司馬昭，以正弒君之罪。』據明公之才，中原可席捲而定。」會曰：「伯約當作先鋒！事成之後，同享富貴。」維曰：「願效犬馬微勞。但恐諸將不服耳。」會曰：「來日元宵佳節，於故宮大張燈火，請諸將飲宴。如不從者，盡斬之！」維暗喜。

次日，會、維二人請諸將飲宴。數巡後，會執杯大哭。諸將驚問其故，會曰：「郭太后臨崩，有遺詔在此，爲司馬昭南闕弒君，大逆無道。早晚將篡魏。命吾討之。汝等各自簽名，共成此事。」眾皆大驚！面面相覷。

會拔劍出鞘，曰：「違令者斬！」眾將恐懼，只得相從。畫字已畢，會乃困諸將於宮中，嚴兵禁守。

維曰：「我見諸將不服，請坑之。」會曰：「吾已令宮中掘一坑，置大棒數千。如不從者，打死坑之。」

時有心腹將邱建在側，建乃「護軍」胡烈部下舊人也。時胡烈亦被監在宮，建乃密將鍾會所言報知胡烈。烈大驚！泣告曰：「吾兒胡淵領兵在外，安知會懷此心耶？汝可念向日之情，透一消息。雖死無恨！」

建曰：「恩主無憂。容某圖之！」遂出，告會曰：「主公軟監諸將在內，水食不便。可令一人往來傳遞。」會素聽邱建之言，遂令邱建監臨，分付曰：「吾以重事託汝，休得洩漏。」◎4建曰：「主公放心！某自有緊嚴之法。」

建暗令胡烈親信人入內，烈以密書付其人，其人持書，火速至胡淵營內細言其事，呈上密書。

淵大驚！遂遍示諸營中知之。眾將大怒！急來淵營，商議曰：「我等雖死，豈肯從反臣耶？」淵曰：「正月十八日中，可驟入內，如此行之……。」監軍衛瓘深

〈評點〉

◎4：事之將敗，所託非人。（毛宗崗）

喜胡淵之謀，即整頓了人馬，令邱建傳與胡烈。烈報知諸將。

卻說鍾會請姜維問曰：「吾夜夢大蛇數千條咬吾，主何吉凶？」維曰：「夢龍蛇者，皆吉慶之兆也。」會喜！信其言。乃謂維曰：「器仗已備！放諸將出問之，若何？」維曰：「此輩皆有不服之心，久必為害。不如乘早戮之！」會從之。即命姜維領武士往殺眾魏將。

維領命。方欲行動，忽然一陣心疼，昏倒在地。◎5左右扶起，半晌方甦。忽報：「宮外人聲沸騰！」會方令人探時，喊聲大震！四面八方，無限兵到！維曰：「此必是諸將作亂，可先斬之。」忽報：「兵已入內！」會令關上殿門，使軍士上殿屋，以瓦擊之，互相殺死數十人。宮外四面火起，外兵砍開殿門殺入！會自掣劍，立殺數人，卻被亂箭射倒。眾將梟其首。

維拔劍上殿，往來衝突！不幸心疼轉加。維仰天大叫曰：「吾計不成！乃天命也。」◎6遂自刎而死。◎7時年五十九歲。宮中死者數百人。

衛瓘曰：「眾軍各歸營所，以待王命。」魏兵爭欲報讎，共剖維腹，其膽大如雞卵。眾將又盡取姜維家屬，殺之！

鄧艾部下之人見鍾會、姜維已死。遂連夜去追劫鄧艾。早有人報知衛瓘。瓘曰：「是我捉艾。今若留他，我無葬身之地

◆假投降巧計成虛話。魏兵作亂，鍾會被殺，姜維自刎。（fotoe提供）

矣！」護軍田續曰：「昔鄧艾取江油之時，欲殺續，得眾官告免。今日當報此恨。」

瓘大喜！遂遣田續引五百兵趕至綿竹。正遇鄧艾父子放出檻車，欲還成都。艾只道是本部兵到，不作準備。欲待問時，被田續一刀斬之！鄧忠亦死於亂軍之中。

後人有詩嘆鄧艾曰：

「自幼能籌畫，多謀善用兵。凝眸知地理，仰面識天文；
馬到山根斷，兵來石徑分。功成身被害，魂遶漢江雲。」

又有詩嘆鍾會曰：

「髫年※6稱早慧，曾作『秘書郎』，妙計傾司馬，當時號子房。
壽春多贊畫，劍閣顯鷹揚。不學陶朱※7隱，遊魂悲故鄉。」

又有詩嘆姜維曰：

「天水誇英俊，涼州產異才；系※8從尚父出，術奉武侯來；
大膽應無懼，雄心誓不回；成都身死日，漢將有餘哀。」

〈評點〉

◎5：此陣心疼，是蜀疼也，是漢疼也，奈何！（鍾伯敬）

◎6：此時姜維即不心疼，而事機已洩，外兵已來，亦無及矣！（毛宗崗）

◎7：維今死，漢斯亡矣。千百世後，令人痛哭姜維。（李漁）

注釋

※6：童年。

※7：范蠡隱居江湖後改姓陶朱。

※8：世系。

卻說姜維、鍾會、鄧艾已死，張翼等亦死於亂軍之中；太子劉璿、漢壽亭侯關彝皆被魏兵所殺，軍民大亂，互相踐踏，死者不計其數。

旬日後，賈充先至。出榜安民，方始寧靖。留衛瓘守成都，乃遷後主赴洛陽。止有「尚書令」樊建、「侍中」張紹、「光祿大夫」譙周、「秘書郎」郤正等數人跟隨，廖化、董厥皆託病不起，後皆憂死。時魏景元五年，改爲咸熙元年，春三月。

吳將丁奉見蜀已亡，遂收兵還吳。「中書丞」華覈奏吳主孫休曰：「吳、蜀乃唇齒也，唇亡則齒寒。臣料司馬昭伐吳在即，乞陛下深加防禦。」休從其言，遂命陸遜子陸抗爲「鎮東大將軍」，領荊州牧，守江口。「左將軍」孫異守南、徐諸處隘口。又沿江一帶屯兵數百營，老將丁奉總督之，以防魏兵。◎8

建寧太守霍戈聞成都不守，素服望西，大哭三日。諸將皆曰：「既漢主失位，何不速降？」戈泣謂曰：「道路隔絕，未知吾主安危若何？魏主以禮待之，則舉城而降，未爲晚也。萬一危辱吾主，則『主辱臣死』，何可降乎？」◎9眾然其言，乃使人到洛陽，探聽後主消息去了。

且說後主至洛陽時，司馬昭已自回朝。昭責後主曰：「公荒淫無道，廢賢失政，理宜誅戮！」後主面如土色，不知所爲。

◆四川劍閣蜀漢大將軍姜維墓碑。（fotoe提供）

陸抗

◆陸抗（226～274），字幼節，吳郡吳縣華亭（今上海松江）人，名將陸遜次子，孫策外孫，三國末期東吳著名軍事家，領荊州牧。（清．潘畫堂繪／上海書畫出版社提供）

文武皆奏曰：「蜀主既失國紀，幸早歸降，宜赦之。」昭乃封禪爲安樂公。◎10賜住宅，月給用度。賜絹萬疋，僮婢百人。子劉瑤及群臣樊建、譙周、郤正等皆封侯賜爵。後主謝恩出內，昭因黃皓蠹國※9害民，令武士押出市曹，凌遲處死。◎11時霍戈探聽得後主受封，遂率部下軍士來降。

次日，後主親詣司馬昭府下拜謝。昭設宴款待，先以魏樂舞戲於前，蜀官感傷，獨後主有喜色。昭令蜀人扮蜀樂於前，蜀官盡皆墮淚，後主嬉笑自若。◎12酒至半酣，昭謂賈充曰：「人之無情，乃至於此。雖使諸葛孔明在，亦不能輔

〈評點〉

◎8：不能救蜀，已成「滅虢舉虞」之勢。此時欲自守，難矣！（毛宗崗）

◎9：公憤猶在。（鍾伯敬）

◎10：生於憂患，而死於安樂。以其不知憂患，固當封以此名。（毛宗崗）

◎11：千古快事。（李漁）

◎12：後主是個安樂菩薩出世，人不識他，反笑之，可憐可憐。（李贄）

注釋

※9：像蠹蟲蝕物一樣損害國家。

◆後主劉禪率群臣投降魏國後，樂不思蜀，司馬昭看出來他為人太無情。（朱寶榮繪）

之久全，何況姜維乎？」乃問後主曰：「頗思蜀否？」後主曰：「此間樂，不思蜀也！」

須臾，後主起身更衣。郤正跟至廂下，曰：「陛下如何答應『不思蜀』也？倘彼再問，可泣而答曰：『先人墳墓遠在蜀地，乃心西悲，無日不思。』晉公必放陛下歸蜀矣！」後主牢記。

入席！酒將微醉。昭又問曰：「頗思蜀否？」後主如郤正之言以對。欲哭無淚，遂閉其目。◎13昭曰：「何乃似郤正語耶？」◎14後主開目，驚視曰：「誠如尊命。」昭及左右皆笑之！昭因此深喜後主誠實，並不疑慮。後人有詩嘆曰：

「追歡作樂笑顏開，不念危亡半點哀；

快樂異鄉忘故國，方知後主是庸才。」

〈評點〉

◎13：先主基業，半以哭而得成。送徐庶則哭而送之，不哭則庶安得有走馬之薦？請諸葛亮，則哭而請之，不哭則亮安得有出山之心？乃其父善哭，而其子獨不善哭。何也？或曰：「哀歡非人之所得而教，若待教而後哭，便是不能哭。」予曰：「不然。先主亦嘗受人之教矣。其對魯肅而哭，孔明教之也。其對孫夫人而哭，亦孔明教之也。但教之哭而哭，必其人先自會哭，然後能如所教耳。若後主生平眼淚從來貴重：其睡著於子龍懷中，則喪其母而不知哭；其聽北地王之自刃於廟，則喪其子而亦不知哭。此二者不能得其眼淚，更何從得其眼淚？」（毛宗崗）

◎14：趣甚！（毛宗崗）

卻說朝中大臣因昭收川有功，遂尊之爲王，表奏魏主曹奐——時奐名爲天子，實不能主張。政皆由司馬氏，不敢不從。遂封晉公司馬昭爲晉王，諡父司馬懿爲宣王，兄司馬師爲景王。

昭妻乃王肅之女，生二子。長曰司馬炎，人物魁偉。立髮垂地，兩手過膝；聰明英武，膽量過人。次曰司馬攸，性情溫和，恭儉孝悌，昭甚愛之。因司馬師無子，嗣攸以繼其後。

昭常曰：「天下者乃吾兄之天下也！」於是司馬昭受封晉王，欲立攸爲世子。山濤諫曰：「廢長立幼，違禮不祥。」賈充、何曾、裴秀亦諫曰：「長子聰明神武，有超世之才。人望既茂，天表如此。非人臣之相也。」昭猶豫未決。「太尉」王祥、「司空」荀顗諫曰：「前代立少，多致亂國。願殿下思之！」昭遂立長子司馬炎爲世子。

大臣奏稱：「當年襄武縣天降一人，身長二丈餘，腳跡長三尺二寸，白髮蒼髯，著黃單衣，裹黃巾，拄藜頭杖。自稱曰：『吾乃民王也。今來報汝：天下換王，立見太平。』如此在市遊行三日，忽然不見。此乃殿下之瑞也。殿下可戴二十旒冠冕，建天子旌旗；出警入蹕，乘金根車※10，備六馬。進王妃爲王后，立世子爲太子。」

昭心中暗喜，回到宮中，正欲飲食，忽中風不語。次日，病危。「太尉」王

◆ 司馬炎（236～290），即晉武帝，字安世，河內溫（今河南溫縣西）人，晉朝開國君主，西元265～290年在位。司馬昭長子，諡號武皇帝，廟號世祖。（葉雄繪）

◆清代天津楊柳青木版年畫《竹林七賢》。三國魏晉時七位名士：阮籍、嵇康、山濤、劉伶、阮咸、向秀、王戎，因常集於山陽（今河南修武）竹林下，肆意酣暢，故而得名「竹林七賢」。（fotoe提供）

祥、「司徒」何曾、「司馬」荀顗，及諸大臣入宮問安。昭不能言，以手指太子司馬炎而死。時八月辛卯日也。

何曾曰：「天下大事，皆在晉王。可立太子為晉王，然後祭葬。」是日，司馬炎即晉王位。封何曾為晉丞相，司馬望為「司徒」，石苞為「驃騎將軍」，陳騫為「車騎將軍」，謚父為文王。

安葬已畢，炎召賈充、裴秀入宮，問曰：「曹操曾云：『若天命在吾，吾其為周文王乎？』果有此事否？」充曰：「操世受漢祿，恐人議論篡逆之名，故出此言。乃明教曹丕為天子也！」◎15

〈評點〉

◎15：得此一註腳，遂使曹操教曹丕之意，竟教了司馬炎。可發一嘆！（毛宗崗）

注釋

※10：一種以金為飾、皇帝專用的車子。

炎曰：「孤父王比曹操何如？」充曰：「操雖功蓋華夏，下民畏其威，而不懷其德。子丕繼業，差役甚重。東西驅馳，未有寧歲。後我宣王、景王累建大功，布恩施德，天下歸心久矣！文王併吞西蜀，功蓋寰宇。又豈操之可比乎？」

炎曰：「曹丕尚紹※11漢統，孤豈不可紹魏統耶？」賈充、裴秀二人再拜而奏曰：「殿下正當法曹丕紹漢故事，復築『受禪臺』，布告天下，以即大位。」炎大喜！

次日，帶劍入內，此時魏主曹奐連日不曾設朝，心神恍惚，舉止失措。炎直入後宮，奐慌下御榻而迎。

炎坐定，問曰：「魏之天下，誰之力也？」奐曰：「皆晉王父祖之賜耳。」炎笑曰：「吾觀陛下，文不能論道，武不能經邦。何不讓有才德者主之？」奐大驚！口噤※12不能言。

傍有「黃門侍郎」張節，大喝曰：「晉王之言差矣！昔日魏武祖皇帝東蕩西除，南征北討，非容易得此天下。今天子有德無罪，何故讓與他人耶？」

炎大怒！曰：「此社稷乃大漢之社稷也！曹操挾天子以令諸侯，自立魏王，篡奪漢室，吾祖父三世輔魏，得天下者非曹氏之能，實司馬氏之力也，四海咸知。吾今日豈不堪紹魏之天下乎？」

節又曰：「欲行此事，是篡國之賊也！」炎大怒曰：「吾與漢家報讎，有何不

可？」叱武士將張節亂棒※13打死於殿下。奐泣淚跪告，炎起身下殿而去。

奐謂賈充、裴秀曰：「事已急矣！如之奈何？」充曰：「天數盡矣！陛下不可逆天。當照漢獻帝故事，重修『受禪臺』，具大禮，禪位與晉王。上合天心，下順民情。陛下可保無虞矣！」奐從之，遂令賈充築受禪臺，以十二月甲子日，奐親捧傳國璽，立於臺上，大會文武。後人有詩嘆曰：

「魏吞漢室晉吞曹，天運循環不可逃。

可憐張節忠國死，一拳怎障泰山高？」

請晉王司馬炎登壇，授以大禮。奐下壇，具公服立於班首。炎端坐於臺上，賈充、裴秀列於左右執劍，令曹奐再拜伏地聽命。

充曰：「自漢建安二十五年，魏受漢禪，已經四十五年矣！今天祿永終，天命在晉。司馬氏功德彌隆，極天際地。可即皇帝正位，以紹魏統。封汝為陳留王，出就金墉城居止。當時起程，非宣詔不許入京。」◎16奐泣謝而去。

「太傅」司馬孚哭拜於奐前曰：「臣身為魏臣，終不背魏也！」炎見孚如此，封孚為安平王，孚不受而退。◎17是日，文武百官再拜於臺下，三呼：「萬歲！」

〈評點〉

◎16：與華歆叱獻帝語相映。（李漁）

◎17：曹氏篡漢時，曹家宗族中卻無此人。（毛宗崗）

注釋

※11：繼續、接續。

※12：閉口不作聲。

※13：一種充作儀杖的武器，長柄，上端如瓜形。

◆ 司馬炎暗示魏主曹奐禪位於他，並將干預的大臣張節打死於殿下。曹奐泣淚跪告，司馬炎起身下殿而去。（朱寶榮繪）

◆再受禪依樣畫葫蘆。曹奐被迫禪位於司馬炎，魏國滅亡。太尉司馬孚哭告曹奐：「身為魏臣，終不背魏。」拒絕接受司馬炎封賜。（fotoe提供）

炎紹魏統，國號大晉，改元爲太始元年，大赦天下，魏遂亡。後人有詩嘆曰：

「晉國規模如魏王，
陳留蹤跡似山陽。
重行受禪臺前事，
回首當年止自傷。」

晉帝司馬炎追謚司馬懿爲宣帝，伯父司馬師爲景帝，父司馬昭爲文帝，立七廟以光祖宗。那七廟？漢征西將軍司馬鈞，鈞生「豫章太守」司馬亮，亮生「潁州太守」司馬雋，雋生「京兆尹」司馬防，防生宣帝司馬懿，懿生景帝司馬師、文帝司馬昭。是爲七廟也。大事已定。每日設朝，計議伐吳之策。正是：

「漢家城廓已非舊，吳國江山將復更。」

未知怎生伐吳，且看下文分解……

第一百二十回　薦杜預老將獻新謀　降孫皓三分歸一統

卻說吳主孫休聞司馬炎已篡魏，知其必將伐吳，憂慮成疾，臥牀不起。乃召「丞相」濮陽興入宮中，令太子孫𩅦※1出拜。吳主把興臂，手指𩅦而卒。興出，與群臣商議，欲立太子孫𩅦爲君，「左典軍」萬彧曰：「𩅦幼，不能專政。不若取烏程侯孫皓立之。」◎1「左將軍」張布亦曰：「皓才識明斷，堪爲帝王。」「丞相」濮陽興不能決，入奏朱太后。太后曰：「吾寡婦人耳，安知社稷之事？卿等斟酌立之可也！」◎2興遂迎皓爲君。

皓字元宗，大帝孫權太子孫和之子也。當年七月，即皇帝位。改元爲元興元年，封太子孫𩅦爲豫章王。追謚父和爲文皇帝，尊母何氏爲太后，加丁奉爲「左右大司馬」。次年，改爲甘露元年。

皓凶暴日甚，酷溺酒色。寵幸「中常侍」岑昏。濮陽興、張布諫之，皓怒斬二人，滅其三族。◎3由是廷臣緘口，不敢再諫。又改寶鼎元年。

◆孫皓（242～283），三國吳國末代皇帝，西元264～280年在位。一名彭祖，字元宗，又字皓宗，為孫權之孫。（葉雄繪）

以陸凱、萬彧為「左右丞相」。時皓居武昌，揚州百姓泝流供給，甚苦之。又奢侈無度，公私匱乏。陸凱上疏諫曰：

「今無災而民命盡，無為而國財空，臣竊痛之。昔漢室既衰，三家鼎立。今曹、劉失道，皆為晉有。此目前之明驗也！臣愚，但為陛下惜國家耳。武昌土城險瘠，非王者之都。且童謠云：『寧飲建業水，不食武昌魚；寧還建業死，不至武昌居。』此足明民心與天意也。今國無一年之蓄，有露根之漸。官吏為苛擾，莫之或恤。大帝時，後宮女不滿百；景帝以來，乃有千數。此耗財之甚者也。又左右皆非其人，群黨相挾，害忠隱賢。此皆蠹政病民者也。願陛下省百役，罷苛擾；簡出宮女，清選百官。則天悅民附，而國安矣！」

疏奏，皓不悅。◎4又大興土木，作昭明宮，令文武各官入山採木。又召術士尚廣，令筮蓍問取天下之事。尚對曰：「陛下筮得吉兆，庚子歲，青蓋當入洛陽。」

皓大喜，謂「中書丞」華覈曰：「先帝納卿之言，分頭命將。沿江一帶，屯數

〈評點〉

◎1：何不仍求孫亮而復立之。（毛宗崗）

◎2：誤事太后。（鍾伯敬）

◎3：第一便殺兩個顧命定策大臣，其亡可知。（毛宗崗）

◎4：患言逆耳。（李漁）

注釋

※1：人名。孫休為太子起名而新造的字。

百營，命老將丁奉總之。朕欲兼并漢土，以為蜀主復讎。當取何地為先？」

覈諫曰：「今成都不守，社稷傾崩，司馬炎必有吞吳之心。陛下宜修德以安吳民，乃為上計。若強動兵甲，正猶披麻救火，必致自焚也。願陛下察之！」◎5

皓大怒！曰：「朕欲乘時恢復舊業，汝出此不利之言？若不看汝舊臣之面，斬首號令。」叱武士推出殿門。華覈出朝，嘆曰：「可惜錦繡江山，不久屬於他人矣！」遂隱居不出。

於是皓令「鎮東將軍」陸抗部兵屯江口，以圖襄陽。早有消息報入洛陽，近臣奏知晉主司馬炎。晉主聞陸抗寇襄陽，與眾官商議。

賈充出班奏曰：「臣聞吳國孫皓不修德政，專行無道。陛下可詔『都督』羊祜率兵拒之。俟其國中有變，乘勢攻取。東吳反掌可得也。」炎大喜！即降詔遣使到襄陽，宣諭羊祜。

祜奉詔，整點軍馬，預備迎敵。自是羊祜鎮守襄陽，甚得軍民之心。吳人有降而欲去者，皆聽之。減戍邏之卒，用以墾田八百餘頃。其初到時，軍無百日之糧。及至來年，軍中有十年之積。

祜在軍，嘗著輕裘，繫寬帶，不披鎧甲。侍衛帳前者不過十餘人。◎6

一日，部將入帳，稟祜曰：「哨馬來報：『吳兵皆懈怠！』可乘其無備而襲

◆羊祜（221～278），字叔子，泰山南城（今山東費縣西南）人，西晉著名軍事家、政治家。博學多才，善於寫文，長於論辯，而且儀度瀟灑，身長七尺三寸，鬚眉秀美。（葉雄繪）

之！必獲大勝。」

祜笑曰：「汝眾人小覷陸抗耶？此人足智多謀，日前吳主命之攻拔西陵，斬了步闡及其將士數十人，吾救之無及。此人為將，我等只可自守。候其內有變，方可圖取。若不審時勢而輕進，此取敗之道也！」◎7眾將服其論，只自守疆界而已。

一日，羊祜引諸將打獵，正值陸抗亦出獵。羊祜下令：「我軍不許過界。」眾將得令，止於晉地打圍，不犯吳境。陸抗望見，嘆曰：「羊將軍兵有紀律，不可犯也。」日晚各退。

祜歸至軍中，察問所得禽獸，被吳人先射傷者，皆送還。◎8吳人皆悅，來報陸抗。抗召來人入，問曰：「汝主帥能飲酒否？」來人答曰：「必得佳釀則飲之！」抗笑曰：「吾有斗酒，藏之久矣！今付與汝，持去拜上都督。此酒陸某親釀自飲者，特奉一勺，以表昨日出獵之情。」來人領諾，攜酒而去。

左右問抗曰：「將軍以酒與彼，有何主意？」抗曰：「彼既施德於我，我豈得

〈評點〉

◎5：前以一吳伐一魏，尚不能勝；今晉兼魏、蜀，是又兩魏。以一吳伐兩魏，豈能勝乎？華覈之言最是老成。（毛宗崗）

◎6：好個有用將軍，好個風流主帥。（李贄）

◎7：大有鑒賞。（鍾伯敬）

◎8：送還的妙。（李漁）

無以酬之？」眾皆愕然！

卻說來人回見羊祜，以抗所問，并奉酒事，一一陳告。祜笑曰：「彼亦知吾能飲乎？」遂命開壺取飲。部將陳元曰：「其中恐有奸詐，都督且宜慢飲！」祜笑曰：「抗非毒人者也，不必疑慮。」竟傾壺飲之！◎9

自是使人通問，常相往來。一日，抗遣人候※2祜。祜問曰：「陸將軍安否？」來人曰：「主帥臥病，數日未出！」祜曰：「料彼之病與我相同。吾已合成熟藥在此，可送與服之！」來人持藥回見抗。眾將曰：「羊祜乃是吾敵也！此藥必非良藥。」抗曰：「豈有酖人羊叔子哉？◎10汝眾人勿疑。」遂服之。

次日，病愈。眾將皆拜賀。◎11抗曰：「彼專以德，我專以暴，是彼將不戰而服我也！今宜各保疆界而已，無求細利。」◎12眾將領命。

忽報：「吳主遣使來到！」抗接入，問之。使曰：「天子傳諭將軍，作急進兵。勿使晉人先入！」抗曰：「汝先回，吾隨有疏章上奏。」使人辭去。

抗即草疏，遣人賫到建業。近臣呈上，皓拆觀其疏，疏中備言晉未可伐之狀。且勸吳主修德慎罰，以安內爲念，不當以黷武爲事。

吳主覽畢，大怒曰：「朕聞抗在邊境與敵人相通，今果然矣！」遂遣使罷其兵權，降爲司馬，卻命「左將軍」孫冀代領其軍。群臣皆不敢諫。

吳主皓又改元建衡。恣意妄爲，窮兵屯戍，上下無不嗟怨。建衡三年，又爲鳳凰元年。「丞相」萬彧、「將軍」留平、「大司農」樓玄三人見皓無道，直言苦諫，皆被所殺。前後十餘年，殺忠臣四十餘人。皓出入常帶鐵騎五萬，群臣恐怖，莫敢奈何。

卻說羊祜聞陸抗罷兵，孫皓失德，見吳有可乘之機，乃作表遣人往洛陽請伐吳。◎13其略曰：

「夫期運雖由天所授，而功業必因人而成。今江、淮之險，不如劍閣。孫皓之暴，過於劉禪。吳人之困，甚於巴蜀。而大晉兵力，盛於往時。不於此際，平一四海；而更阻兵相守，使天下困於征戍，經歷盛衰，不可長久也。」

司馬炎觀表，大喜！便令興師。賈充、荀勗、馮紞三人力言不可，炎因此不行。祜聞上不允其請，嘆曰：「天下不如意者十常八九！今天與不取，豈不大可惜

◆《晉武帝司馬炎》，《歷代帝王圖》（又名《古帝王圖》）卷之一，唐代著名畫家閻立本（601～673）繪，美國波士頓博物館藏。（fotoe提供）

〈評點〉

◎9：送酒之奇，而飲酒更奇。（李贄）

◎10：曹操不信華佗，是奸雄機智；陸抗不疑羊祜，是良將高懷。（毛宗崗）

◎11：千古名將，有此而已。（鍾伯敬）

◎12：千古兵符，有此而已。（李贄）

◎13：老將。（李贄）

注釋

※2：問候。

◆薦杜預老將獻新謀。羊祜臨死前向司馬炎推薦杜預伐吳。（fotoe提供）

哉！」

至咸寧四年，羊祜入朝，奏辭歸鄉養病。炎問曰：「卿有何安邦之策以教寡人？」

祜曰：「孫皓暴虐已甚，於今可不戰而克。若皓不幸而歿，更立賢君，則吳非陛下所能得也！」

炎大悟，曰：「卿今便提兵往伐，若何？」祜曰：「臣年老多病，不堪當此任。陛下另選智勇之士可也！」遂辭炎而歸。

是年十一月，羊祜病危，司馬炎車駕親臨其家問安。炎至臥榻前，祜下淚曰：「臣萬死不能報陛下也！」炎亦泣曰：「朕悔不能用卿伐吳之策。今日誰可繼卿之志？」祜含淚而言，曰：「臣死矣！不敢不盡愚誠。『右將軍』杜預可任。若欲伐吳，須當用之！」◎[14]

炎曰：「舉善薦賢，乃美事也。卿何薦人於朝，即自焚其奏稿，不令人知耶？」祜曰：「拜官公朝，謝恩私門，臣所不取也！」◎15言訖而亡。炎大哭回宮，勅贈「太傅」鉅平侯。

南州百姓聞羊祜死，罷市而哭。江南守邊將士亦皆哭泣。襄陽人思祜存日常遊於峴山，遂建廟立碑，四時祭之。往來人見其碑文者，無不流涕。故名爲「墮淚碑」。後人有詩嘆曰：

「曉日登臨感晉臣，古碑零落峴山春！
松間殘露頻頻滴，疑是當年墮淚人。」◎16

晉主以羊祜之言，拜杜預爲「鎮南大將軍」都督荊州事。杜預爲人老成練達，好學不倦。最喜讀左丘明春秋傳，坐臥常自攜。每出入，必使人持左傳於馬前。時人謂之「左傳癖」。及奉晉主之命，在襄陽撫民養兵，準備伐吳。

此時吳國丁奉、陸抗皆死。吳主皓每宴群臣，皆令沉醉！又置「黃門郎」十人爲糾彈官，宴罷之後，各奏過失。有犯者或剝其面，或鑿其眼。◎17由是國人大

〈評點〉

◎14：鍾會與鄧艾彼此相妬，羊祜與杜預前後相薦。與前回相反而相對。（毛宗崗）

◎15：如此則免朝廷朋黨之疑，可爲萬世人臣之法。（毛宗崗）

◎16：詩大可。（李贄）

◎17：此「斷脛剖心」之類也，不意讀至三國演義終篇，如見封神演義之首卷。（毛宗崗）

◆杜預（222～285），字元凱，京兆杜陵（今陝西西安東南）人，西晉著名的政治家、軍事家、科學家、學者，為人謀略多智，被稱為杜武庫。博學多才，有「左傳癖」，著有《春秋經傳集解》三十卷。（葉雄繪）

懼。

晉「益州刺史」王濬上疏請伐吳，其疏曰：

「孫皓荒淫內逆，宜速征伐。若一旦皓死，更立賢主，則強敵也。臣造船七年，日有朽敗。臣年七十，死亡無日。三者一乖，則難圖矣！願陛下無失事機……。」

晉主覽疏，遂與群臣議曰：「王公之論，與羊都督暗合。朕意決矣！」「侍中」王渾奏曰：「臣聞孫皓欲北上，軍伍已皆整備；聲勢正盛，難與爭鋒。更遲一年，以待其疲，方可成功！」晉主依其奏，乃降詔止兵莫動。退入後宮，與「秘書丞」張華圍棋消遣。

近臣奏：「邊庭有表到！」晉主開視之，乃杜預表也，表略曰：

「往者羊祜不博※3謀於朝臣，而密與陛下計，故令朝臣多異同之議。凡事當以利害相較※4，度此舉之利十有八九，而其害止於無功耳。自秋以來，討賊之形頗露；今若中止，孫皓恐怖，徙都武昌，完修江南諸城，遷其民居。城不可攻，野無所掠，則明年之計亦不及矣！」

晉主覽表纔罷，張華突然而起，推卻棋枰，斂手奏曰：「陛下聖武，國富民強。吳主淫虐，民憂國敝。今若討之，可不勞而定。願勿以爲疑。」◎18晉主曰：「卿言洞見利害，朕復何疑？」

即出升殿，命「鎮南大將軍」杜預爲大都督，引兵十萬，出江陵。「鎮東大將軍瑯琊王司馬伷出滁中，「征東大將軍」王渾出橫江，「建威將軍」王戎出武昌，「平南將軍」胡奮出夏口，各引兵五萬，皆聽預調用。又遣「龍驤將軍」王濬，「廣武將軍」唐彬浮江東下，水陸兵二十餘萬，戰船數萬艘。又令「冠南將軍」楊濟出屯襄陽，節制諸路人馬。

早有消息報入東吳。吳主皓大驚！急召「丞相」張悌、「司徒」何植、「司空」滕修計議退兵之策。悌奏曰：「可令『車騎將軍』伍延爲都督，進兵江陵，迎敵杜預。『驃騎將軍』孫歆進兵拒夏口等處軍馬。臣敢爲將，帥領『左將軍』沈瑩，『右將軍』諸葛靚，引兵十萬，出屯牛渚，接引諸路軍馬。」皓從之，遂令張悌引兵去了。

皓退入後宮，面有憂色。幸臣「中常侍」岑昏問其故，皓曰：「晉兵大至，諸路已有兵迎之。爭奈王濬率兵

〈評點〉

◎18：張華爲晉主加一著。（鍾伯敬）

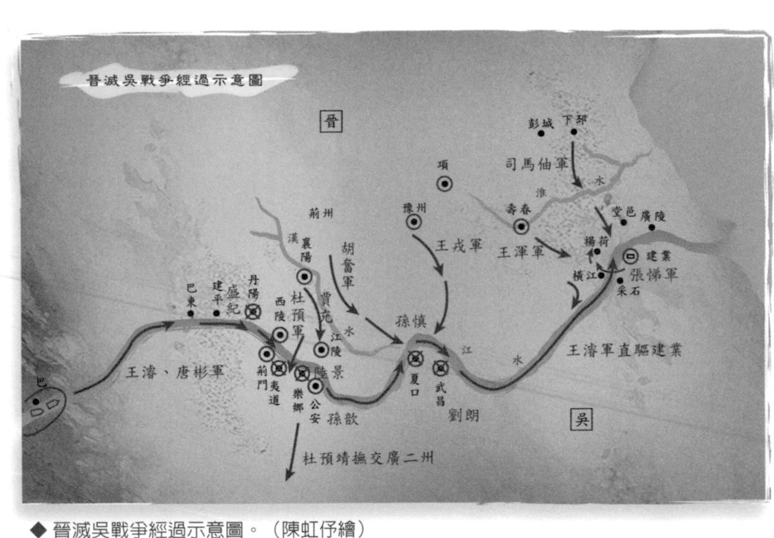

◆ 晉滅吳戰爭經過示意圖。（陳虹伃繪）

注釋

※3：廣泛。
※4：比較。

數萬，戰船齊備，順流而下。其鋒甚銳！朕因此憂也！」

昏曰：「臣有一計，令王濬之舟皆爲齏粉矣！」皓大喜，遂問其計，昏奏曰：「江南多鐵。可打連環索百餘條，長數百丈。每環重二三十斤，於沿江緊要去處橫截之！再造鐵錐數萬，長丈餘，置於水中。若晉船乘風而來，逢錐則破！豈能渡江也？」皓大喜，傳令撥匠工於江邊，連夜造成鐵索、鐵錐，設立停當。

卻說晉都督杜預兵出江陵，令牙將周旨：「引水手八百人，乘小舟暗渡長江，夜襲樂鄉。多立旌旗於山林之處，日則放砲擂鼓！夜則各處舉火。」旨領命，引眾渡江，伏於巴山。

次日，杜預領大軍，水陸並進！前哨報道：「吳主遣伍延出陸路，陸景出水路，孫歆爲先鋒！三路來迎。」杜預引兵前進！孫歆船早到，兩兵初交，杜預便退。

歆引兵上岸，邐迤追時！不到二十里，一聲砲響，四面晉兵大至！吳兵急回。杜預乘勢掩殺，吳兵死者不知其數。孫歆奔到城邊，周旨八百軍混雜於中，就城上舉火！歆大驚曰：「北來諸軍乃飛渡江也？」急欲退時！被周旨大喝一聲，斬於馬下。

陸景在船上，望見江南岸上一片火起！巴山上風飄出一面大旗，上書「晉鎮南大將軍杜預」。陸景大驚！欲上岸逃命，被晉將張尙馬到斬之。伍延見各軍皆敗，

乃棄城走！被伏兵捉住，縛見杜預。預曰：「留之無用！」叱令武士斬之！遂得江陵。

於是沅、湘一帶，直抵黃州。諸郡守令皆望風賫印而降。預令人持節安撫，秋毫無犯。遂進兵攻武昌，武昌亦降。杜預軍威大震！遂大會諸將，共議取建業之策。

胡奮曰：「百年之寇，未可盡服。方今春水泛漲，難以久住。可俟來春更為大舉！」預曰：「昔樂毅濟西一戰，而併強齊。今兵威大振，如破竹之勢，數節之後，皆迎刃而解，無復有著手處也。」◎19遂馳檄約會諸將，一齊進兵，攻取建業。

時「龍驤將軍」王濬率水軍順流而下，前哨報說：「吳人造鐵索，沿江橫截。又以鐵錐置於水中為準備。」濬大笑！遂造大筏數十萬，上縛草為人，披甲執杖立於週圍，順水放下。

吳兵見之，以為活人，望風先走。暗錐著筏，盡提而去。又於筏上作火炬，長十餘丈，大十餘圍，以麻油灌之。但遇鐵索，燃炬燒之。須臾皆斷！◎20兩路從大

〈評點〉

◎19：丈夫語，杜將軍這是一段好《左傳》也。（李贄）

◎20：東吳用金克木，王濬用火克金。（李漁）

◆采石磯，位於安徽省馬鞍山市西南七公里處的翠螺山麓。原名牛渚磯。（fotoe提供）

江而來，所到之處無不克勝。

卻說東吳丞相張悌令左將軍沈瑩，右將軍諸葛靚來迎晉兵。瑩謂靚曰：「上流諸軍不作隄防。吾料晉軍必至此！宜盡力以敵之。若幸得勝，江南自安。今渡江與戰，不幸而敗，則大事去矣！」靚曰：「公言是也……。」言未畢，人報：「晉兵順流而下！勢不可當。」二人大驚，慌來見張悌商議。

靚謂悌曰：「東吳危矣！何不遁去？」悌垂泣曰：「吳之將亡，賢愚共知。今若君臣皆降，無一人死於國難，不亦辱乎？」◎21諸葛靚亦垂泣而去。

張悌與沈瑩揮兵抵敵，晉兵一齊圍之，周旨首先殺入吳營。張悌獨奮力搏戰，死於亂軍之中。沈瑩被周旨所殺。吳兵四散敗走！後人有詩讚張悌曰：

「杜預巴山見大旗，江東張悌死忠時；

已拚王氣南中盡，不忍偷生負所知。」

卻說晉兵克了牛渚，深入吳境。王濬遣人馳報捷音，晉主炎聞知大喜！賈充奏曰：「吾兵久勞於外，不服水土，必生疾病。宜召軍還，再作後圖。」

張華曰：「今大兵已入其巢，吳人膽落。不出一月，孫皓必擒矣！若輕召還，前功盡廢！誠可惜也。」晉主未及應，賈充叱華曰：「汝不省天時地利，欲妄邀功勳，困敝士卒。雖斬汝不足以謝天下！」炎曰：「此是朕意，華但與朕同耳。何必爭辯？」◎22

忽報：「杜預馳表到！」晉主視表，亦言宜進兵之意。晉主遂不復疑，竟下進征之命。王濬等奉了晉主之命，水陸並進，風雷鼓動！吳人望旗而降。吳主孫皓聞之，大驚失色！

諸臣告曰：「北兵日近，江南軍民不戰而降，將如之何？」皓曰：「何故不戰？」眾對曰：「今日之禍，皆岑昏之罪。請陛下誅之！臣等出城決一死戰！」皓曰：「量一中貴，何能誤國？」眾大叫曰：「陛下豈不見蜀之黃皓乎？」遂不待吳主之命，一齊擁入宮中，碎割岑昏，生啖其肉。

陶濬奏曰：「臣以戰船皆小，願得二萬兵，乘大船以戰。自足破之！」皓從其言。遂撥御林諸軍與陶濬，上流迎敵。前將軍張象率水兵下江迎敵。二人部兵正行，不想西北風大起！吳兵旗幟皆不能立，盡倒豎於舟中。兵各

〈評點〉

◎21：此處若無死難之人，不獨吳國無氣色，即書中煞尾亦無氣色。（毛宗崗）

◎22：晉主自好。（李贄）

◆北京通州運河文化廣場大樓船。（fotoe提供）

◆降孫皓三分歸一統。孫皓投降司馬炎後，說自己在南方也設了階下囚的座位，以待司馬炎。（fotoe提供）

不肯下船，四散奔走！只有張象數十軍待敵。

卻說晉將王濬揚帆而行，過三山，舟師曰：「風波甚急，船不能行。且待風勢少息行之！」濬大怒！拔劍叱曰：「吾目下欲取石頭城，何言住耶？」遂擂鼓大進！

吳將張象引從軍請降。濬曰：「若是眞降，便爲前部立功！」象回本船，直至石頭城下，叫開城門，接入晉兵。

孫皓聞晉兵已入城，欲自刎。「中書令」胡沖、「光祿勳」薛瑩奏曰：「陛下何不效安樂公劉禪乎？」皓從之，亦輿櫬自縛，率諸文武，詣王濬軍前歸降。濬釋其縛，焚其櫬，以王禮待之。後人有詩嘆曰：

「王濬樓船下益州，金陵王氣黯然收；千尋※5鐵鎖沉江底，一片降旗出石頭。

人世幾回傷往事？山形依舊枕寒流，今逢四海爲家日，故壘蕭蕭蘆荻秋。」

於是東吳四州，八十三郡，三百一十三縣，戶口五十二萬三千，軍吏三萬二千，兵二十三萬，男女老幼二百三十萬，米穀二百八十萬斛，舟船五千餘艘，後宮五千餘人，皆歸大晉。大事已定，出榜安民，盡封府庫倉廩。

次日，陶濬兵不戰自潰，瑯琊王司馬伷并王戎大兵皆至。見王濬成了大功，心中忻喜。次日杜預亦至，大犒三軍，開倉賑濟吳民，於是吳民安堵。惟有「建平太守」吳彥拒城不下，聞吳亡乃降。

王濬上表報捷，朝廷聞吳已平，君臣皆賀上壽。晉主執杯流涕曰：「此羊太傅之功也！惜其不親見之耳。」◎23

「驃騎將軍」孫秀退朝，向南面哭，曰：「昔討逆壯年，以一校尉創立基業。今孫皓舉江南而棄之。悠悠蒼天，此何人哉？」

◆蜀後主劉禪、吳主孫皓、魏主曹奐都在司馬炎面前稱臣，自此三分成一統，天下歸晉。（朱寶榮繪）

〈評點〉

◎23：此杯亦是墮淚杯。（毛宗崗）

注釋

※5：古代的長度單位，八尺爲一尋。

卻說王濬班師，送吳主孫皓赴洛陽面君，皓登殿稽首，以見晉帝。帝賜坐曰：「朕設此座以待卿久矣！」皓對曰：「臣於南方，亦設此座以待陛下。」帝大笑！

賈充問皓曰：「聞君在南方，每鑿人眼目，剝人面皮。此何等刑耶？」皓曰：「人臣弒君，及奸佞不忠者，則加此刑耳。」充默然甚愧。帝封皓爲歸命侯，子孫封「中郎」，隨降宰輔皆封「列侯」。丞相張悌陣亡，封其子孫。封王濬爲「輔國大將軍」，其餘各加封賞。

任蘇杜鄭倉傳第十六　魏書　國志十六
任峻字伯達河南中牟人也漢末擾亂關東皆震
中牟令楊原愁恐欲棄官走峻說原曰董卓首亂
天下莫不側目然而未有先發者非無其心也勢
未敢耳明府若能唱之必有和者原曰爲之柰何
峻曰今關東有十餘縣能勝兵者不減萬人若權
行河南尹事揔而用之無不濟矣原從其計以峻
爲主簿峻乃爲原表行尹事使諸縣堅守遂發兵
會太祖起關東入中牟界衆不知所從峻獨與同
郡張奮議舉郡以歸太祖峻又別收宗族及賓客

◆《三國志》（局部），是記載魏、蜀、吳三國史實的歷史典籍，包括魏書三十卷，蜀書十五卷，吳書二十卷，總計六十五卷。（fotoe提供）

至此三國歸於晉帝司馬炎，爲一統之基矣！◎24此所謂：「天下大勢，合久必分，分久必合。」者也。◎25後來後漢皇帝劉禪亡於晉太康七年。魏主曹奐亡於太康元年。吳主孫皓亡於太康四年，皆善終。◎26後人有古風一篇，以敘其事曰：

「高祖提劍入咸陽，炎炎紅日升扶桑。光武龍興成大統，金烏飛上天中央。哀哉獻帝紹海宇，紅輪西墜咸池傍。何進無謀中貴亂，涼州董卓居朝堂；王允定計誅逆黨，李傕、郭汜興刀槍。四方盜賊如蟻聚，六合奸雄皆鷹揚！孫堅、孫策起江左，袁紹、袁術興河、梁，劉焉父子據巴蜀，劉表軍旅屯荊、襄，張邈、張魯霸南鄭，馬騰、韓遂守西涼，陶謙、張繡、公孫瓚，各逞雄才占一方。曹操專權居相府，牢籠英俊用文武，威震天子令諸侯，總領貔貅鎮中土。樓桑玄德本皇孫，義結關、張願扶主。東西奔走恨無家，將寡兵微作羈旅；南陽三顧情何深？臥龍一見分寰宇，先取荊州後取川，霸業王圖在天府。嗚呼三載逝升遐※6，白帝託孤堪痛楚。孔明六出祁山前，願以雙手將天補，何期歷數到此終，長星半夜落山塢。姜維獨憑氣力高，九伐中原空劬勞。鍾會、鄧艾分兵進，漢室江山盡屬曹。丕、叡、芳、髦纔及奐，司馬又將天下交。受禪臺前雲霧起，石頭城下無波濤。陳留、歸命與安樂，王侯公爵從根苗。紛紛世事無窮盡，天數茫茫不可逃。鼎足三分已成夢，後人憑弔空牢騷！」◎27

〈評點〉

◎24：一部大書，此一句是總結。（毛宗崗）

◎25：直應轉首卷起語，眞一部如一句。（毛宗崗）

◎26：到今日不獨三國烏有，魏、晉亦安在哉？種種機謀，種種算計，不足供老僧一粲也。哀哉，哀哉！然劉禪、孫皓則前車也，爲後車者鑒之，可復覆也。（李贄）

◎27：此一篇古風，將全部事蹟隱括其中。而末二語以一「夢」字、一「空」字結之，正與首卷詞中之意相合。一部大書，以詞起，以詩收。絕妙筆法！（毛宗崗）

◆《三國志》作者陳壽銅像。陳壽（233～297），又名長壽，字承祚，蜀國巴西安漢（今四川南充北）人，西晉史學家。（fotoe提供）

注釋

※6：古代稱帝王死去爲「升遐」。

參考書目

1.《三國演義》，羅貫中著，北京：人民文學出版社，一九七三年十二月第三版，二〇〇四年三月重印。
2.《三國演義》（上、下冊），羅貫中著，李國文評點，桂林：灕江出版社，一九九四年八月第一版。
3.《三國演義》（新校新注本），羅貫中原著，沈伯俊、李燁校注，成都：巴蜀書社，一九九三年版。
4.《三國演義、三國志對照本》，許盤清、周文業整理，南京：江蘇古籍出版社，二〇〇二年九月第一版。
5.《三國演義：會評本》（上、下冊），陳曦鐘、宋祥瑞、魯玉川輯校，北京：北京大學出版社，一九八六年七月第一版。
6.《三國演義資料彙編》，朱一玄編，天津：南開大學出版社，二〇〇三年六月第一版。
7.《名家解讀三國演義》，陳其欣選編，濟南：山東人民出版社，一九九八年一月第一版。
8.《三國人物古今談》，曲徑、王偉主編，瀋陽：遼海出版社，二〇〇三年五月第一版。
9.《三國一百零八位大名人》，張書學主編，濟南：山東大學出版社，一九九四年九月第一版。
10.《汗青濁酒：三國演義與民俗文化》，魯小俊著，哈爾濱：黑龍江人民出版社，二〇〇三年五月第一版。

▲備註：本書以通行的清代毛宗崗評本爲底本。根據實際情況，本應署名「原著◎羅貫中／修訂◎毛宗崗」，考慮到市場上通行的署名習慣，仍予沿用，僅署「原著◎羅貫中」。

◆特別感謝本書內頁圖片授權人及授權單位◆

1.《三國演義人物畫傳》，葉雄繪，北京：百家出版社，二〇〇三年五月第一版。

⊙葉雄，上海崇明人，一九五〇年出生。畢業於上海大學美術學院國畫系，現是中國美術家協會會員、中國美術家協會連環畫藝術委員會委員、上海美術家協會理事……等。他於一九七六年開始從事連環畫、插圖、中國水墨畫創作，其作品在全國藝術大展中連續獲獎。他的水墨畫作品還在日本、韓國、加拿大、臺灣等地參加聯展。上海美術館、上海圖書館及國內外收藏家收藏了他的中國水墨畫作品。其藝術實踐被收入中國美術家大詞典、中國文藝傳集、當代中國美術家光碟、世界華人文學藝術界名人錄、世界名人錄……等。重要作品包括：

二〇〇一年出版《水滸一百零八將》。

二〇〇二年出版《三國演義人物畫傳》。

二〇〇三年出版《西遊記神怪、人物畫傳》。

二〇〇四年出版《紅樓夢人物畫傳》。

個人信箱：yexiong96@163.com

2.《鄧嘉德三國演義百圖》，鄧嘉德繪，成都：四川美術出版社，一九九五年。

⊙鄧嘉德，四川省成都市人，一九五一年生。中國美術家協會會員，現為四川美術出版社社長。自幼喜愛繪畫，一九八二年畢業於成都大學歷史系，後考入西南師範大學美術系，攻讀中國畫碩士學位。繪畫風格融漢代的概括凝重與宋代的細膩精巧為一體，表現了現代人的審美感受與傳統中國文化的結合。重要作品包括：

一九九四年出版了《關羽．一九九五》掛曆及《三國英雄譜．一九九五》臺曆。

一九九四年〈長坂坡〉獲加拿大海外中國書畫研究會第二屆楓葉獎金獎。

3.《中國戲曲臉譜藝術》，張庚主編，中國藝術研究院戲曲究研所編。南昌：江西美術出版社，一九九三年。

4.《三國》（中國戲曲臉譜叢書），田有亮編，北京：中國畫報出版社，二〇〇三年八月第一版。

5.《清末年畫匯萃》（上海圖書館館藏精選），上海圖書館近代文獻部編。北京：人民美術出版社，二〇〇〇年。

6.《中國美術全集．工藝美術編十二．民間玩具剪紙皮影》，中國美術全集編輯委員會編。主編：曹振峰，副主編：李寸松。北京：人民美術出版社，一九八八年。

7.《潮州剪紙》，楊堅平編著。汕頭：汕頭大學出版社，二〇〇四年。

8.《百姓收藏圖鑒：織繡》，長沙：湖南美術出版社，二〇〇六年六月版。

9.《三國畫像選》，清．潘畫堂繪，上海：上海書畫出版社，一九八七年。

10.《徐竹初木偶雕刻藝術》，李寸松撰文，戴定九責任編輯。上海：上海人民美術出版社，一九九四年二月第一版。

11.《中國戲出年畫》，王樹村著，北京：北京工藝美術出版社，二〇〇六年一月第一版。

12.《圖説三國演義》，王樹村著，天津：百花文藝出版社，二〇〇七年。

13. 朱寶榮授權使用內頁繪圖共三十一張。

⊙ 朱寶榮，從小酷愛美術，因家庭情況無緣於高等學府深造，引爲憾事。二〇〇四年與兩位志趣相投的好友組成心境插畫工作室至今，能夠從事自己喜愛的工作，覺得是一件很幸福的事！

14. 北京樂信達文化交流公司授權使用部分內頁圖片。（legacyimages.com）

15. 北京CCN圖片網授權使用部分內頁圖片。（ccnpic.com）

16. 廣州集成圖像有限公司「FOTOE」授權使用部分內頁圖片。（fotoe.com）

國家圖書館出版品預行編目資料

三國演義（六）／羅貫中原著；王暢編撰.——初版.——
臺中市：好讀,2007.11
面： 公分，——（圖說經典：12）

ISBN 978-986-178-070-2（平裝）
857.4523　　96019197

好讀出版

圖說經典 12

三國演義（六）

【天下歸晉】

原　　著／羅貫中
編　　撰／王暢
總編輯／鄧茵茵
責任編輯／陳詩恬
執行編輯／朱慧蒨、林碧瑩、莊銘桓
美術編輯／王志峰、林姿秀
行銷企畫／劉恩綺
封面設計／山今半頁設計工作室
發行所／好讀出版有限公司
407台中市西屯區工業30路1號
407台中市西屯區大有街13號（編輯部）
TEL: 04-23157795 FAX: 04-23144188
(如對本書編輯或內容有意見，請來電或上網告訴我們)
法律顧問／陳思成律師
總經銷／知己圖書股份有限公司
106台北市大安區辛亥路一段30號9樓
TEL: 02-23672044／23672047 FAX: 02-23635741
407台中市西屯區工業30路1號
TEL: 04-23595819 FAX: 04-23595493
E-mail:service@morningstar.com.tw
網路書店：www.morningstar.com.tw
讀者專線：04-23595819#230
郵政劃撥：15060393（知己圖書股份有限公司）
印　　刷／上好印刷股份有限公司

初　　版／西元2007年11月15日
初版九刷／西元2022年02月10日
定　　價／299元
如有破損或裝訂錯誤，請寄回台中市407西屯區工業30路1號更換（好讀倉儲部收）

Published by How Do Publishing Co., Ltd.

ISBN 978-986-178-070-2